SHEILA LEIRNER

COMO MATEI MINHA MÃE

ILUMI/URAS

Copyright © 2022
Sheila Leirner

Copyright © desta edição
Editora Iluminuras Ltda.

Capa e projeto gráfico
Eder Cardoso / Iluminuras

Revisão
Luiz Henrique Soares
Monika Vibeskaia

CIP-BRASIL. CATALOGAÇÃO NA PUBLICAÇÃO
SINDICATO NACIONAL DOS EDITORES DE LIVROS, RJ
L545c

    Leirner, Sheila
        Como matei minha mãe / Sheila Leirner. - 1. ed. - São Paulo : Iluminuras, 2022.
        244 p. ; 23 cm.

        ISBN 978-6-555-19165-3.

        1. Ficção brasileira. I. Título.

22-78892   CDD: 869.3
                          CDU: 82-3(81)

Gabriela Faray Ferreira Lopes - Bibliotecária - CRB-7/6643

EDITORA ILUMINURAS LTDA.
Rua Inácio Pereira da Rocha, 389 — 05432-011 — São Paulo — SP — Brasil
Tel./ Fax: 55 11 3031-6161
iluminuras@iluminuras.com.br
www.iluminuras.com.br

Índice

ADVERTÊNCIA, 9

Como matei minha mãe

Agradecimentos, 242
Livros publicados, 243

ADVERTÊNCIA

Este livro é uma ficção inspirada em fatos reais. Não se trata de um relato ligeiro para diversão, mas uma vida escrita com as tripas. Um trabalho sofrido de desconstrução, reconstrução e enfrentamento das verdades objetivas que todos nós não raro tentamos encobrir, até mesmo por meio de invenções, para conseguir viver confortável e convenientemente com nossos próximos. Alguma semelhança com personagens vivos e mortos, ou similitude de nomes, lugares e pormenores, pode não ser coincidência. Mesmo assim, o autor exime-se de toda e qualquer responsabilidade, inclusive de julgamento moral por parte de seus leitores, em nome dos direitos inalienáveis da percepção do vivido, da memória às vezes imprecisa e falível, e da transposição literária dos fatos. "A alma dos outros é uma floresta escura", dizia Proust, citando um célebre autor russo. No palco do mundo, quem somos nós para querer saber onde termina o imaginário e começa a realidade, e vice-versa?

COMO MATEI MINHA MÃE

Para meu irmão

"O que importa minha vida! Só quero que permaneça fiel até o fim à criança que eu fui."

Georges Bernanos (1888-1948)

I

Hoje, mamãe morreu. Ou talvez ontem, não sei. Recebi um e-mail do residencial sênior: "A sua mãe faleceu. O enterro será amanhã. Nossos sentimentos." Isto não quer dizer nada. Talvez foi ontem.

A casa de repouso fica na baía Biscayne, em Miami, a quatro quilômetros do pequeno flat, onde eu e meu irmão Lauriano costumamos nos instalar. Já combinei com ele. Tomarei o avião esta noite em Paris e chegarei amanhã ainda pela manhã. Ele sairá de São Francisco de madrugada. Assim, poderemos velá-la e voltarei no dia seguinte. Não tive que pedir dois dias de licença a ninguém, trabalho por minha conta. Nenhum patrão precisará aceitar uma justificativa como essa e ficar de cara amarrada para que eu diga: "não é minha culpa", e ele permaneça calado enquanto eu pense que não deveria ter dito isso. Afinal, eu não teria do que me desculpar, ele é que deveria me dar os pêsames pelo falecimento da senhora Ema Kreisler. Coisa que, se eu tivesse patrão, ele certamente o faria daqui a dois dias quando me visse de luto. No momento, é um pouco como se mamãe não estivesse morta. Depois do enterro, aí sim, será um caso resolvido e tudo estará revestido de um aspecto mais oficial.

Tomei o avião às 23 horas. Fazia muito frio. Antes, como de hábito, jantei no restaurante Chez Celetty. Eles estavam todos com muita pena de mim e Celetty me disse: "Mãe é uma só, mas as tóxicas valem por mil."

Dessa forma começa *Como Matei minha Mãe*, romance que levei apenas dois meses para escrever, de volta à Paris, depois do anúncio que nossa mãe Glica Preisner, perfeitamente viva aos 92 anos, fez a mim e ao meu irmão Terence. Por coincidência ou não, iniciei-o no segundo domingo de agosto, dia dos pais, pensando em dedicá-lo a todos os psicanalistas que a minha personagem Ema, assim como a verdadeira Glica, conseguiu enrolar e sustentar. Preferi oferecê-lo a Terence, que nunca foi enrolado nem sustentado por ninguém.

O aviso ocorreu no mesmo dia em que chegamos à Flórida para visitá-la. Não em um residencial sênior como na minha história, "horrível asilo de velhos" segundo ela, que já tinha estado em três diferentes. Mas, em seu agora modesto apartamento, a quatro quilômetros do pequeno *flat*, onde de fato costumamos nos instalar.

Terence, que conhece o enredo do meu livro — mas ainda não sabe os nomes fictícios que dei aos personagens —, sugeriu o título *Um Monstro Chamado Mamãe*, que era mil vezes melhor e mais adaptado à vida de Berta e seu irmão Lauriano, com a terrível mãe Ema na saga da família Kreisler. A minha doce amiga Dorothée, que tem uma vaga ideia da narrativa e também possui uma espécie de Ema como mãe, inventou outro que não é ruim: *Minha Mãe, Meu Carrasco*.

Decidi, porém, ficar com *Como Matei minha Mãe*. Pensei em acrescentar *#MeTooMãeTóxica*. Desisti no último minuto, antes de enviar o manuscrito ao editor, apesar de que esse subtítulo pudesse conter de antemão a atenuante do "crime" e representasse, sociologicamente, uma nova e importante conscientização. Tão significativa talvez quanto os demais *#MeToo*. No fio da leitura, mesmo que eu apresente aqui apenas alguns esparsos capítulos da minha longa autoficção, o leitor descobrirá o porquê.

Quem conhece Flaubert e as características funestas do bovarismo, verá que escolhi os nomes "Ema" e "Berta" por boas razões, e quem leu *O Estrangeiro* pode pensar que o início seja um plágio ou, se eu tiver mais sorte, perceber que são unicamente paráfrases do primeiro romance com o qual Albert Camus abre o seu "ciclo do absurdo". Na verdade, é apenas um modesto tributo a quem inventou um personagem que é condenado porque ele não entra no jogo da sociedade.

"Hoje, mamãe morreu. Ou talvez ontem, não sei."

Para Camus "todo homem que não chora no enterro da sua mãe corre o risco de ser condenado à morte." Para mim, toda pessoa que "mata" um progenitor algoz, encontra a salvação. O "estrangeiro", esse herói e anti-herói simultaneamente, erra solitário, não obedece às regras e aceita morrer por um só motivo: ele se recusa a mentir. Como eu. O oposto de minha mãe Glica Preisner e do personagem Ema Kreisler, que não fizeram outra coisa senão mentir a vida inteira. Para si mesmas e os outros.

Recebemos um e-mail avisando: "Shelly e Terence, preciso ver vocês. Amanhã será tarde demais." Embaixo, a mesma assinatura eletrônica.

Seu nome sobre um desenho chinês cujo valor simbólico nunca entendi e dois *links*, um para o *site* pessoal que lhe construí e que ela exibe a torto e a direito, outro para o *blog* que também criei há duas décadas e que ela, com a sua incompetência, indisciplina e preguiça monumentais, jamais alimentou.

Suas mensagens têm, como de hábito, poucas linhas, palavras em caixa-alta e caixa-baixa misturadas, trechos em vermelho quando está com raiva, vocábulos e nomes próprios trocados, exclamações repetidas quatro ou cinco vezes e muitos erros gramaticais e ortográficos, o que sempre me incomodou dado que Glica, uma mulher ostensiva e supostamente culta, se diz escritora.

Como caixa-alta significa que quem escreve está gritando, mamãe parece vociferar bastante, também virtualmente. Mas acho que não devemos nos preocupar, apenas prevenir. Vindo dela, esse tipo de ameaça geralmente não quer dizer nada.

II

Ameaças não faltaram. Depois da separação de nossos pais, quando Lauriano e eu fomos morar com mamãe no bairro milionário de São Paulo, ela não deixava de nos fazer sentir que éramos um estorvo. No suntuoso apartamento — que lhe fora oferecido por Isaac Kreisler, nosso avô, assim como outros imóveis, casacos de pele, joias, obras de arte, tapetes persas, móveis antigos, porcelanas francesas, prensa de gravura, piano Steinway e um Borgward Isabella, carro alemão fabricado em Bremen, entre 1954 e 1962 — bastava que aprontássemos alguma travessura para que Ema saísse batendo a porta de vidro e ferro retorcido da entrada, depois de dizer:

"Agora vão ficar apenas com a Ulla para se ocupar de vocês. Não sei se vou voltar."

Sem deixar qualquer traço, nosso pai sumira quando tínhamos oito e onze anos respectivamente. Lauriano construiu boa parte da sua vida procurando-o e eu passei a minha, tentando esquecê-lo. Graças a um artigo publicado no dia 9 de dezembro de 1987, no The New York Times, *o reencontramos. Quase três décadas depois.*

Fazia, portanto, apenas dois anos que ele, Louis Adams, nos havia deixado à nossa própria sorte e voltado a Nova York, sua cidade natal. Ainda estávamos traumatizados por esse abandono e mamãe, em vez de castigar como todo mundo, privando-nos de sobremesa ou televisão, torturava-nos mentalmente ameaçando também "tirar a mãe" de duas crianças que já não tinham pai. Esse suplício, exatamente equivalente às suas futuras e culpabilizantes intimidações de suicídio, não era ocasional. Frequentemente nos molestava assim.

Recém-chegada de Pelotas, Ulla era a governante alemã, pura ariana de olhos claros, com todas as características assustadoras de uma jovem e autoritária senhora germânica. O que garantia que não fosse mais uma foragida? Que tivesse vindo com o pai, um dos milhares de nazistas que aportaram no Brasil pela "rota do Vaticano", para se esconder em alguma comunidade teuto-brasileira?

E, no entanto, pedir para ver o passaporte, que podia ser aquele da Cruz Vermelha, ou tirar referências junto às ex-patroas, não passava pela cabeça de nossa mãe ou talvez teria sido "trabalho demais", como ela costumava dizer.

Paquerá-la, ao contrário, não representou esforço algum aos jovens machos judeus da família Kreisler. De certa forma eles imitavam um pouco o patriarca Isaac — rico industrial e colecionador de arte moderna, livros e manuscritos antigos, arte tribal, cristal bizantino, esmaltes medievais e esculturas cicládicas — que, viúvo, montara uma garçonnière *no centro da cidade aonde levava as mesmas modelos que desfilavam para a clientela da famosa "Lingerie Malisère" que ele fabricava.*

Ulla convinha perfeitamente: controlava os empregados, as crianças e, nas folgas, prestava — sem que a patroa soubesse — alguns favores sexuais aos rapazes. Talvez se prestasse até a excitantes rituais sadomasoquistas com algum chicotinho de SS do seu pai.

Não podíamos imaginar que, para nos punir, mamãe aproveitasse que tinha que sair de qualquer maneira para o cabeleireiro ou as compras e, evidentemente, seria obrigada a voltar algumas horas depois. Naquela época acreditávamos em tudo que ela, uma adulta de 33 anos, nos dissesse.

Postávamo-nos à janela olhando o Borgward Isabella partir pela rua Piauí, enquanto eu derramava lágrimas de desespero, culpa e sobretudo medo de mais um abandono e de ter que ser criada por uma Ulla que eu detestava.

Afinal, papai desistira de nós quando nossa mãe — com grandes advogados pagos por Isaac Kreisler, um deles futuro ministro da Justiça

— obteve a nossa guarda e ele podia nos ver não mais que duas vezes por mês, durante algumas horas, e somente acompanhado por um oficial de Justiça. Foi a sua pena por ter desaparecido sem avisar Ema, levando-nos à praia junto com o seus pais, a fim de nos instruir como testemunhas do desquite litigioso. Ele lutava por nossa guarda e, aconselhado por seu advogado, escolhera o método errado que, depois, foi chamado de "rapto".

Mal sabíamos que, em pouco tempo, a promessa amedrontadora de mamãe, se transformaria em realidade. Confirmando o nosso sentimento constante de que éramos um peso na vida dela, nos largaria, tanto quanto nosso pai, durante os anos mais importantes de nossa formação, até a idade adulta, deixando-nos com Fayga Eichenbaum, cunhada de Isaac, nossa tia-avó que nos educou — como pôde — até a maioridade. Não foi por acaso que, mesmo depois de várias terapias, nunca consegui suportar que pessoas queridas se despedissem sem sentir a mesma aflição.

O martírio infligido seguidamente por nossa mãe — assim como as frustrações com as suas mentiras, as inúmeras promessas jamais cumpridas, os presentes dados e retirados, o sentimento recorrente de desamparo e, no final, o verdadeiro segundo abandono em pouco espaço de tempo — era muito pior do que se ela nos tivesse batido ou trancado todos os dias num armário.

～ · ～

E ainda não imaginávamos o que estaria por vir na vida adulta. Ao voltar, ela se tornaria, de modo contínuo até o fim, como todos abusadores narcisistas, uma exímia manipuladora. Invadiria as nossas vidas, imiscuiría-se em nossas decisões, nos chantagearia, tiranizaria e responsabilizaria por sua própria infelicidade. Não nos daria o direito *de sermos felizes se ela também não o fosse, ou sentiria inveja da nossa ventura. Não realizada, eternamente insatisfeita, nos usaria para compensar as próprias carências. Talvez responsáveis, em sua imaginação, por seu casamento naufragado, nos incumbiria o papel de substitutos do nosso pai. Pior do que isso, para fugir de sua responsabilidade materna, faria com que nos coubesse a parte de "cúmplices" e amigos. E como intentaria até mesmo "casar conosco" nos agarrando e controlando ao mesmo tempo, teria ciúmes, detestaria e maltrataria as mulheres de meu irmão, enquanto buscaria ser "cúmplice" de meus maridos, contra mim.*

Tentaria tirar-me judicialmente a guarda de meu primeiro filho apenas porque desejaria perto de si o único neto de quem gostava. Enquanto ainda possuía patrimônio, chamaria um advogado para nos deserdar porque julgaria que meu irmão e eu "não éramos bons", já que tínhamos saído do seu controle e não obedecíamos mais às suas exigências. Dividindo pessoas para melhor reinar, colocaria a única família que nos restava contra nós e tentaria, sem conseguir, até mesmo nos pôr, Lauriano e eu, um contra o outro.

Como se isso não bastasse, mamãe também nos induziria ao alcoolismo, sutilizaria ou usaria alguns de meus pertences como se fossem dela, venderia outros sem me perguntar, se esforçaria por roubar minhas amizades, realizações e meu sucesso. Estragaria todas as ocasiões importantes da minha vida, tirando-me a alegria de cada uma. Eu ainda seria jornalista principiante, quando — sem desmentir as más línguas segundo as quais "os meus textos eram dela" — procuraria aproveitar-se, sem conseguir, até mesmo do que eu escrevia. E eu já ficaria crítica conhecida, quando me puniria porque, por honestidade, eu me recusaria a conflitos de interesse ou nepotismo, escrevendo sobre ela ou influenciando pessoas a seu favor.

Contudo, o que estaria por acontecer não termina aqui. Ela tornar--se-ia ressentida pelo malogro de suas ambições, invejosa de todos que fossem bem-sucedidos. Findaria arrogante para compensar sua timidez e sentimento de inferioridade, impaciente e impulsiva por causa de sua ansiedade, intolerante por não suportar a diversidade, dissimulada para agir como quisesse, desleal porque desconheceria o respeito aos princípios e regras que norteiam a honra e a probidade, raramente empática com a dor e as preocupações dos outros; agiria por impulso sem qualquer reflexão, ofenderia e humilharia, embromaria, revelaria segredos que lhe seriam confiados; repassaria a qualquer pessoa mensagens confidenciais a ela exclusivamente destinadas; falsificaria documentos; por distração esqueceria obras de arte em táxis, perderia a lembrança de contas bancárias abertas em outros países e de pagar contas onde quer que morasse; roubaria revistas nas bancas de jornal, enrolaria os comerciantes, acertaria coisas com favores, colocaria o dentista diante de um fato consumado ao pagá-lo com obras de arte sem perguntar se ele estava de acordo; andaria enquanto turista em transportes comuns sem bilhete, mentiria por simples prazer ou covardia, forjaria o currículo com títulos e diplomas universitários que não possuía, se autopromoveria, plagiaria e ludibriaria em redes sociais, sem dar créditos ou datas; ofereceria cursos de "literatura enquanto terapia" como se isso fosse invenção sua, com título e método roubados, sem jamais citar o autor; arrumaria secretárias e ghost-writers para suas veleidades literárias, enganaria tradutores usando o seu nome e fazendo outros corrigirem o trabalho deles. Tiraria vantagem de tudo, enfim...

Mamãe ficaria fascinada por roubos famosos e o uso de meios ilegais para obter coisas em benefício próprio, porém não teria esperteza e coragem de ser uma grande corrupta. Só seria desonesta e impostora quando isso houvesse de lhe trazer pequenos privilégios, frissons ou compensasse a sua imensa preguiça. Como aconteceria quando precisasse de dinheiro e procurasse vender seus objetos por preços irreais. Ou com o prêmio literário do qual ela "esqueceria" de me avisar, mesmo sabendo que o meu livro recente estava dentro do prazo de inscrição, embora não se esquecesse de inscrever um seu volume antigo, falsificando a data.

Também seria torpe quando quereria prender alguém com uma promessa. Eu tentaria me afastar, mas de uma forma ou de outra, ela conseguiria me agarrar. Grudaria em mim, em minha família, até mesmo em nossas viagens. Frequentaria e ocuparia o meu espaço de forma abusiva, como se tudo lhe pertencesse. Aproveitaria de nossa generosidade, nos obrigaria a tratá-la como parte da "nossa patota"; ficaria furiosa se não a convidássemos para uma festa ou jantar. Sentiríamos ansiedade constante com suas chantagens e ameaças.

Ao meu primeiro filho que ela quis me roubar, ofereceria o seu valioso piano que em nenhum tempo tocava, sem pensar que feriria os outros netos a quem jamais deu a mínima ou os próprios filhos a quem nunca deu nada. Ao meu irmão, ela emprestaria dez mil dólares para ele dar entrada numa casa de subúrbio, dinheiro que cobraria algum tempo depois, insistindo que Lauriano lhe devia cem mil. A mim, ela não ofereceria coisa nenhuma que não tivesse sido usada por ela e não a interessasse mais. Possuo algumas de suas roupas e um pequeno móvel com 27 gavetas abarrotadas de bijuterias-fantasia antigas que mamãe já não vestia, não sabia o que fazer com elas e preferiu deixar comigo que "não tenho empregadas para me roubar".

Prometeria me deixar o último imóvel que lhe restava, em testamento, sem refletir que isso seria injusto com Lauriano, ou até mesmo para *vingar-se dele e ao mesmo tempo me "comprar" e me usar como ela usa seus amigos. A ele que ela julgava "rico" e invejava, quando de fato meu irmão por seus próprios esforços conseguira ser bem-sucedido, Ema não quereria legar nada, novamente indispondo-o contra mim. Ao contrário, tentaria obrigá-lo a contratar o nosso padrasto, seu marido, para que este ganhasse do meu irmão por um serviço. Depois, quando precisaria de dinheiro, usaria Lauriano nas minhas costas para ajudá-la a vender o imóvel que me havia oferecido. E mentiria dizendo a ele que eu tinha "pedido" a parte dela desse imóvel, ideia que nunca passou pela minha cabeça. Justo eu que, por dignidade, me sentiria muito mal em reclamar um bem familiar, ainda mais sabendo que meu irmão é igualmente herdeiro.*

Ela seria milionária enquanto nós ainda jovens seríamos negligenciados, viveríamos miseravelmente, sem qualquer orientação e supervisão médica e educacional. Nunca reclamaríamos porque acharíamos que era assim que devia ser. Que nós não merecíamos nada. E devíamos tudo. Mas, um dia, quando eu já seria mãe, ganharia pouco e moraria num lugar infecto, com falta do básico — até mesmo de um aparelho de som para escutar música — e perguntaria a razão pela qual Lauriano e eu nos encontrávamos míseros enquanto ela era tão rica, minha mãe responderia: "Vocês são pobres porque não tiveram pai."

≈ · ≈

O avião aterrissou na hora prevista. Não preciso buscar bagagens, tenho apenas uma mala de mão. Conectar-me-ei ao wi-fi do aeroporto e, antes de tomar um táxi, chamarei meu irmão pelo WhatsApp. Ele certamente já chegou. Experimento uma curiosa sensação de euforia, misturada com o medo do que irei enfrentar. Ainda é um pouco como se mamãe não estivesse morta.

Decidi que escrever *Como Matei minha Mãe*, não poderia ser, e não foi, uma vingança, embora involuntariamente me desforrasse. "A partir de certa idade, a glória chama-se desforra", dizia o escritor Georges Bernanos cuja linda frase sobre ser fiel à infância escolhi como epígrafe. Não. O faria não por mim, mas pelos leitores que conseguiriam talvez admitir que a mãe deles assim como a de meu irmão Terence, jamais lhes deu uma alegria na vida. O faria para aqueles que, como nós, forçam a memória para encontrar algum momento de felicidade e... nada! Aqueles que também reivindicam um lugar para a sua voz.

Já havia escrito uma boa parte do romance, quando telefonei ao meu irmão:

"Me ajuda, por favor? Não consigo lembrar das qualidades da mamãe, para que o livro fique mais equilibrado. Está parecendo uma caricatura."

Terence respondeu, rindo:

"Ah, não conte comigo pra isso. Mas, se quiser deixar o romance mais verídico, você pode inventar.

Queixas, cobranças, chantagens, más notícias, mau humor, ressentimentos, até mesmo ameaças de suicídio, tudo isso — em maior ou menor quantidade, mas nada de bom — muitos também foram obrigados a ouvir diariamente, durante a sua existência. Para eles, igual como conosco, se houve alguma coisa positiva deve ter perdido a sua importância. Foi esquecida diante de uma mini ou maxitragédia doméstica, insidiosa e cotidiana. Afinal, quem tem esse problema em casa deve pedir ajuda. E sobretudo não repeti-lo com seus próprios descendentes.

#MeTooMãeTóxica: palavra de ordem, nosso apelo à mobilização!

"O melhor presente que uma mãe pode dar aos seus filhos é estar bem", dizia o terapeuta francês indicado por Júlio Forbin, querido amigo psicanalista franco-brasileiro que, no lançamento de meu segundo livro em São Paulo, testemunhara o estrago na minha alegria por mais um escândalo de Glica. Naquela ocasião, confessei a ele que estava pensando em ir viver em Paris, "sobretudo para fugir dela". Júlio disse, e esta foi a maior e mais inesquecível prova de amizade que ele poderia me ter dado:
"Acho que é o melhor que você tem a fazer. Sua mãe não tem solução. Como com vinhos ruins, a tendência é ela ficar cada vez pior. Vou lhe indicar um amigo lá. Ele é filósofo, ex-psicanalista com muitos livros publicados, maravilhoso terapeuta! De cara não atende quem não quer mudar, e é contra terapias longas. Vai ajudar você, rapidamente, a se adaptar à sua nova vida."

Na minha escrivaninha e computador, imagens e anedotas literárias sobre mães malvadas não faltavam. Desliguei a tela, arrumei as notas dentro de uma pasta, limpei a mesa e sobre uma folha de papel em branco, fiz uma lista de personagens apenas a partir de minhas leituras e memória, talvez para me dar coragem.

Comecei por Marcel Proust, embora seja um mistério para muitos se a mãe dele teve alguma coisa de malvada. Existe um ensaio sobre ele chamado *Elogio do Matricídio* cujo autor[1] se pergunta "por quê tendo lutado e ganho uma dura guerra francesa contra a sua mãe, o escritor deve nos ser imposto como o autor desesperado de uma obra que celebra um incurável culto materno?" Proust só estava na minha lista porque, por mais que parecia adorar a sua mãe, o narrador de *Em Busca do Tempo Perdido* também sofre quando ela vem dizer boa noite ao pé do leito, vestida para sair.

Em seguida, lembrei da mãe Thénardier que — ao contrário — humilha e brutaliza Cosette, abandonada pela mãe Fantine, em *Os Miseráveis* de Victor Hugo. Ela é terrível!

Mas a pior de todas, a mais cruel, talvez, é a famosa Madame Lepic, mãe que detesta e maltrata o pequeno ruivo *Cabeça de Cenoura*, nome do magnífico romance autobiográfico de Jules Renard.

A mãe de Marguerite Duras, em *O Amante*, é uma mulher monstruosa: prostitui a sua filha caçula. Já a célebre e perversa Folcoche martiriza as crianças em *De Víbora na Mão*, o romance igualmente autobiográfico de Hervé Bazin. Acho que este continua uma referência no assunto "mães abusivas", tanto quanto a *Medeia* de Corneille que, apesar de ser personagem mitológico, não é menos abominável, matando os filhos por vingança.

Do mesmo modo, nas minhas notas, coloquei Thérèse Delombre em *A Dor*, de André de Richaud. Ela se suicida, grávida, deixando o filho único, também sem pai, condenando-o a um destino inviável.

---

[1] "Elogio do Matricídio": Ensaio sobre Proust, Thomas A. Ravier. Ed. Gallimard (2007)

E, por fim, recordei de Patrick Modiano, o coitadinho do Nobel que admiro — pessoa tímida que sempre via gaguejando, sem terminar suas frases, na televisão — em cujos livros hipnóticos, a ausência da mãe é uma questão constante.

Certamente faltam muitos autores, mas foi assim que ficou claro para mim que, de todas as mães indignas, a que me marcou especialmente foi a heroína de Flaubert, mãe psicologicamente distante, eterna insatisfeita que quer ter um filho e é frustrada pelo nascimento da filha. Pouco preocupada com a felicidade da menina Berta, Ema Bovary mostra-se às vezes até mesmo hedionda e, no final, com o suicídio, abandona-a egoisticamente à própria sorte.

III

Meu irmão e eu sofremos o que foi chamado de "rapto", um ou dois anos depois de mamãe ter fugido conosco da casa de papai. Ele e nossos avós paternos nos levaram a um local desconhecido, onde ficamos incomunicáveis durante vários dias. Na época, não compreendíamos que o tal "rapto" poderia ter sido o derradeiro e desesperado gesto para nos salvar do que eles certamente consideravam um desastre. Não imaginávamos o que poderia sentir esse homem e seus pais que o adoravam mais do que os outros dois filhos. Os velhos haviam deixado os Estados Unidos e o conforto que tinham lá, para ficar ao lado dele, isolados num novo país, mesmo que se sentissem humilhados pela fortuna e vaidade dos Kreisler.

Porque meu irmão é mais novo, tenho uma percepção diferente da nossa história. Não sei se isso já passou por seus pensamentos, mas visto que a disputa por nossa guarda, por exemplo, terminara com mamãe igualmente deixando-nos, para ir viver em outros países, eu me perguntaria mais tarde se o objeto do desquite litigioso fora realmente ele e eu, ou se tínhamos servido a ela apenas como uma vingança contra o marido.

Uma das ironias, também não sei se o meu irmão guardou, foi que, antes de sumir de vez, papai justificou-se com um argumento que só vim a entender, e lhe dar total razão, muito mais tarde. Ele disse:

"Fiz de tudo para ficar com vocês e poder lhes dar a melhor educação, nas melhores escolas. Perdi o direito paterno, não consegui. Quis levá-los comigo, nunca teria deixado meus filhos num país atrasado como o Brasil, dentro dessa família Kreisler cuja vaidade e ambição são descomunais. Eu gostaria de ver vocês em Harvard, porém com a sua mãe, que é uma incompetente em tudo, certamente não terão a disciplina, a formação e o futuro que eu gostaria para vocês. Mas é assim."

Hoje, evito responder aos e-mails de minha mãe. Finesse, princípios éticos e cortesia não são o forte de Glica Preisner: ela costuma repassar mensagens particulares, até mesmo confidenciais, a quem lhe aprouver.

É mais ou menos a mesma coisa quando alguém lhe conta um segredo. Logo o transfere ao primeiro que vier conversar. A vantagem é que, como não lhe sobra mais muitos registros neuronais, às vezes esquece da confidência. Isso, porém, não a torna mais confiável. Sorte para outros que nunca trabalhou. Imagino como aplicaria a deontologia em qualquer categoria profissional.

Certa vez, uma amiga teve a gentileza de me cumprimentar pelo meu livro de receitas. Levei um susto. Ninguém jamais soube que, durante trinta anos de experiências na cozinha, eu escrevera um para dedicar aos meus filhos, netos e noras. Ora, aquele manuscrito, ainda inédito, ela vira no computador de Glica. "Aos meus amores, para compensar a distância que me impede de mimá-los. E às minhas queridas noras que podem fazer isso melhor do que eu." A minha amiga citou esta dedicatória, que achou linda, e até mesmo o título, até então, sigiloso.

Minha mãe lhe havia mostrado o arquivo, dizendo que não conseguira enviá-lo por e-mail, mas "um dia faria a encadernação na papelaria para lhe oferecer." Ou seja, Glica, que me havia pedido o manuscrito porque queria mandar a empregada executar as receitas, exibiu e estava pronta a dar de presente um trabalho que lhe emprestei em confiança, sob a condição de que ela o mantivesse em segredo, enquanto não fosse publicado.

Não me admira. Além de não ter palavra, memória e não dar bola a princípios éticos, ela precisa agradar, exibir-se e chamar a atenção, nem que seja por meio do trabalho de seus familiares. Narcisismo por tabela: mirar-se até mesmo em espelhos que não sejam seus. Como não consegue se colocar no lugar de ninguém, também não imaginou que, fazendo a minha obra circular, poderia prejudicar autor e editor.

É possível que o fato de ter misturado uísque escocês com benzo-diazepínico para dormir, durante muitos anos, seja a causa de sua crescente e preocupante desmemória. Mas a verdade é que, tanto em regras de linguagem quanto em geografia e outras coisinhas para ela sem importância, a imensa displicência de minha mãe, mais do que a escassez de sua faculdade de lembrar, nunca permitiu que ela se aplicasse.

Ou, já que tinha duas lindas mãos esquerdas e também nunca fez nada destro com elas — nem mesmo pregar um botão ou desembrulhar um pacote de presentes sem estraçalhar o papel — talvez tivesse sofrido de dislexia sem que ninguém soubesse. Isso sem falar das lindas pernas que constantemente se atrapalhavam e a faziam cair, não raro precisando que ela engessasse uma ou a outra.

Em um só parágrafo, a quantidade de faltas só superava as vezes em que me perguntava onde ficava algum país. Admirou-se bastante uma vez, quando eu lhe disse que ia para a África. "Como assim África? Você disse que ia para o Egito!"

Minha mãe, que fora milionária por doação em vida de seus pais, depois por herança quando faleceram, tendo morado em muitos lugares diferentes do mundo, vinha queimando tudo que restava. Fora dos objetos que ainda víamos em seu apartamento, nada mais sobrara dos cinco imóveis valiosos, quadros importantes, obras étnicas autênticas, magníficos e antigos tapetes persas; roupas, sapatos e chapéus de estilistas, peças preciosas de grandes joalheiros e outros objetos de valor.

Não que deixássemos de avisar. Até a secretária, que era boa pessoa e cuidava da sua conta no banco, se preocupava e não cansava de adverti-la. Contou para minha amiga, a quem prestou um serviço:

"A dona Glica é a pessoa mais gastadeira que eu conheço. Não dou dois anos para ela acabar na rua da amargura."

Quando houve alguns raros apagões na cidade, minha mãe gastou uma fortuna com equipamento de emergência que permitia ser ligado na ausência de rede elétrica. Colocou-o em todos os cômodos e jamais o utilizou.

Comprava obsessivamente, pelo prazer de comprar. Confessava que no mesmo instante em que tinha o objeto cobiçado em suas mãos, este já não mais a interessava.

Eu dizia:

"Mãe, hoje em dia as pessoas vivem mais, você ainda tem pelo menos uns dez anos de vida, tome cuidado com o dinheiro que lhe resta. Economize!"

Altiva, para não dizer arrogante, com os seus cabelos brancos, rosto emaciado e olhos verdes translúcidos e perscrutadores como os de uma águia, ela sempre fazia um longo silêncio e depois respondia sorrindo com a boca torta e tom sarcástico:

"Dez anos? Sei…"

Um dia acrescentou:

"Sou eu que decido o quanto vou viver."

IV

De fato, como papai havia previsto, orientação e disciplina nunca fizeram parte do nosso repertório. Enquanto bom americano, por exemplo, ele nos ensinava a escovar os dentes depois das refeições, a tomar leite para fortalecê-los e a visitar o dentista uma vez ao ano. Depois que desapareceu, ninguém mais se preocupou com isso. Quando eu era adolescente, e mamãe se encontrava bem longe do Brasil, perdi quase todos os dentes por ter ido sozinha a um dentista charlatão indicado por uma coleguinha de classe.

Desde pequenos aprendemos a nos virar sozinhos, sem qualquer ajuda. Pessoa nenhuma se ocupou da nossa educação profissional, apenas de nosso verniz cultural. Fomos descobrindo tudo por aproximação, erro e acerto. Talvez por isso fiz tanta questão, e consegui, que meus filhos fossem diplomados em excelentes escolas.

Aos sete anos, quase perdi um olho em um acidente e o médico que me salvou — graças a meu pai que fez vir um novo remédio dos Estados Unidos — receitou exercícios, cuidados sistemáticos e duradouros que jamais foram seguidos por Ema. Hoje, segundo a minha oftalmologista, sou praticamente cega do olho esquerdo por negligência de minha mãe. Exceto a minha tia-avó, que pagava todas as despesas e me acompanhou, quando eu era pequena, uma ou duas vezes ao dentista que lhe confeccionava dentaduras na rua Augusta, nenhum adulto jamais levou-me a um profissional de saúde.

Ainda crianças, agíamos por conta própria. Sozinhos como sempre em casa, uma vez que todos mantinham uma desenfreada vida social, cheguei a chamar um renomado cardiologista cujo número achei na lista para socorrer o pequeno Lauriano que queimava de febre. O médico veio, olhou a garganta e só deu uma aspirina, mas o caso da menininha desesperada que chamou uma celebridade para salvar o irmãozinho ficou famoso na família.

Hoje, além de não ter o apoio de um forte preparo profissional, para o qual jamais fui orientada, não poder mais guiar um carro por falta de visão, sorrio e me alimento graças a implantes que caem e sou obrigada a repor, e a um aparelho móvel. Passo a vida com dores, dificuldade de mastigação, infecções e cirurgias dentárias.

Quando fomos abandonados por Ema, a nossa tia-avó solteirona nos acolheu e adotou, financeiramente ajudada por seu cunhado, nosso avô. Foram eles que nos compraram e pagaram o básico, mas também o diferenciado: aulas de línguas, música, história da arte, roupas, instrumentos musicais e esportes.

Titia era bastante crítica quando se referia à nossa mãe. Para não dizer que não a considerava uma grande inteligência, costumava repetir que aquela sobrinha "não inventara a pólvora". Afirmava que ela "não sabia viver, não enxergava a paisagem e, como todos os que sofrem de bulimia de leitura, mesmo dos livros não tirava nenhuma sabedoria." Fayga achava que os divertimentos de Ema também não levavam a nada. "Trabalha pouco, gasta e se diverte muito, bebe demais", dizia ela. "E depois reclama que ninguém a respeita."

Fayga tinha razão: ninguém viu nenhum trabalho intelectual produzido por nossa mãe "intelectual" que desprezava "quem não tinha cultura" mas não fazia nada com toda a cultura que dizia ter. Nunca conhecemos alguma ideia, teoria ou simples pensamento que nascesse de seu aprendizado. Tínhamos a impressão de que, ao contrário, a leitura, o cinema, os estudos, etc., para ela eram como uma droga em cujo torpor se refugiava. Entravam sólidos em seu cérebro, e de lá saíam convertidos em fumaça.

Eu e meu irmão — quando ele não estava no internato americano no qual ela o jogara — vivíamos ora como cachorrinhos de estimação no meio do luxo da titia, do vovô Isaac ou da mamãe (nas raras vezes em que ela voltava das viagens), ora como vira-latas na "quase miséria" em que fomos deixados mais tarde quando já saíamos da adolescência.

As paredes da família ostentavam Chagall e Tarsila, andávamos vestidos como príncipes, porém nunca tínhamos um tostão no bolso. Lauriano não podia nem mesmo comprar um sanduíche na lanchonete da escola. Se não fosse por seu caráter e sensibilidade poética na compreensão do mundo, meu irmão — cujos poemas e desenhos foram publicados no Suplemento Literário do Estadão quando ainda era criança — poderia ter sido um delinquente no porto de Santos, aonde ia, armado, desde muito cedo, com os amigos. Também poderia ter acabado como um viciado aos dezoito anos, em Londres, onde perdeu o seu melhor companheiro, moço de grande família paulista de colecionadores de arte, por causa de drogas pesadas.

Lauriano, exatamente o oposto, detestava a violência e, naquela época, abominava os artifícios de qualquer substância que o levassem a um estado diferente do real. Talvez porque a educação materna tivesse sido laxista ou praticamente inexistente, e a paterna ausente, a construção de nossos próprios valores precisasse ser mais sólida.

❧ · ❧

O motorista abriu a porta, ajudou-me a descer do táxi com a maleta e me acompanhou até a entrada do flat, *onde Lauriano me esperava.*

Despediu-se, desejando-me "coragem e boa estadia em Miami". Tínhamos trocado algumas palavras em espanhol, ele sabia a razão de minha vinda. Tenho certeza de que não faria a mesma coisa com um cliente que não tivesse perdido a sua mãe.

O encontro com Lauriano foi, como sempre, caloroso e carinhoso. Ele parecia emocionado em me ver. Chorou um pouco quando nos abraçamos. Devia estar percebendo mais rapidamente do que eu, que era o fim da nossa mãe e também dos nossos sofrimentos.

Subi ao meu quarto para tomar um chuveiro e trocar de roupa. Meu irmão me esperou no hall. *Logo que desci, ele chamou um táxi. Ainda esperávamos o carro para ir ao velório, quando ele confessou:*

"Não consigo lembrar de nenhum momento de felicidade com ela. A verdade é que ela nunca me fez feliz."

O apartamento de Glica Preisner fora alugado em Miami há dois anos, na mesma baía Biscayne do meu romance, não longe como já disse, de onde eu e Terence costumávamos ficar quando deixávamos o nosso trabalho, as nossas vidas e respectivas cidades para ir visitá-la. Antes nós íamos vê-la em São Paulo, Londres, Bruxelas, Barcelona e Nova York.

Meu irmão é poeta, escritor sem sucesso como eu até há pouco, (mas com muito mais talento) e também vive modestamente depois que perdeu, com uma aplicação financeira desastrosa, quase tudo que conseguiu juntar, como autêntico *self-made man*, em quarenta anos de trabalho duro como administrador de empresas. Ele mora em São Francisco e cruza os Estados Unidos em pouco mais de cinco horas. Eu, divorciada, com dois filhos adultos e independentes, e três netos, violinista diletante em raros concertos com um quarteto amador, escritora de algumas novelas, um livro de receitas ainda não editado e agora um romance, jornalista e crítica de música com duas brochuras de musicologia publicadas, sobrevivo graças ao aluguel de um imóvel. Moro em Paris e atravesso o Atlântico no dobro de tempo. Terence é o caçula, porém não somos mais jovens e esses périplos, junto com a tensão que envolvem, nos cansam bastante.

Todos nos consideram muito diferentes. Terence é moreno, longilíneo, introvertido, delicado, contido, pouco sociável, sofisticado; possui bom gosto, bons dentes e lindos olhos cor de avelã que enxergam bem. Eu sou redonda, extrovertida, sociável, explosiva — "um pouco trator", como diz Dorothée — tenho cabelos e pele claros, olhos verdes um dos quais é quase cego e estou toda hora no dentista. Longe de ser sofisticada, o meu gosto para me vestir, segundo a loira Marlene Dumbstein, amiga de infância, cineasta que hoje mora em Los Angeles, "se equipara ao de uma interiorana do Midwest".

Mas somos muito parecidos em outras coisas. Mesmo os nossos nomes "Shelly" e "Terence", são igualmente americanos. Nos foram dados por nosso pai que nasceu no Brooklin, em Nova York. Graças à história comum que nos pertence, que de comum não teve nada, a nossa cumplicidade é tanta que a minha impressão é de tê-lo conhecido ao mesmo tempo em que soube da minha própria existência.

V

E, no entanto, a minha memória começou antes do meu nascimento. Até a idade adulta eu ainda experimentava a sensação da súbita perda de altitude do avião onde minha mãe voltava de sua prolongada e triste lua de mel na qual eu fora concebida. Sim, porque além da amante do meu pai tê-los acompanhado às escondidas no início da viagem, no meio dela, quando já estavam na Colômbia e Ema descobriu que estava grávida, parece que Louis Adams convenceu-a a fazer imediatamente um aborto. O médico, católico fervoroso — segundo mamãe — executou o trabalho contrário: persuadiu-a de que uma mulher casada, jovem e saudável não podia cometer aquele pecado.

Mamãe, então, transformou-se pela primeira vez em "leoa prenha" e enfrentou a fera: "Vou ter este bebê, queira você ou não". O que lhe valeu um implacável castigo. Daquele dia em diante, e durante toda a gravidez, de acordo com o que ela me contou, o meu pai não lhe dirigiu mais a palavra. Eles começaram a lua de mel com as escapadelas dele no Rio de Janeiro para ir se encontrar com a americana Ruta Flicker, espiã militante da força clandestina para a criação do Estado de Israel; terminaram a viagem de núpcias taciturnos, mas eu fui salva em Bogotá.

Lua de mel assim só numa peça de Edward Albee ou Tennessee Williams. O que, na maturidade, já não me admirava, pois eu tinha a íntima convicção de que, apaixonado como era pela literatura americana, e neurótico pelo que havia passado na Segunda Grande Guerra, meu pai transformou a vida dele num romance. O personagem que escolhera *como herói foi ele mesmo, a vítima fora Ema e, consequentemente, os sacrificados fomos eu e Lauriano.*

Na última vez em que fomos obrigados a viajar para ouvir o que nossa mãe tinha a nos dizer, ela declarou:

"Terence e Shelly, o dinheiro que me resta para viver durará apenas seis meses. Deixo a vocês o problema. Confio na sorte, mas se nada acontecer e ninguém me ajudar, a minha alternativa será o suicídio."

Findos os tais seis meses — nos quais fizemos de tudo para inventar soluções — mamãe obrigou Olga, a cozinheira, a bater à máquina, fotografar e enviar "por conta própria", no anexo de um e-mail, uma carta de adeus ao meu irmão.

"A dona Glica não sabe que estou lhes enviando isto", escreveu a Olga.

Puro teatro. E o texto não me cita. Minha mãe provavelmente lembrou-se da bronca em forma de mensagem que enviei a ela, recentemente, com cópia ao meu irmão. Teria sido muito bom se ela a tivesse repassado a toda a família e aos amigos, como era o seu hábito. Mas acho que, desta vez, ficou com vergonha. Escrevi:

"Na nossa última conversa telefônica, você perguntou se tenho visto a minha amiga Sylvie. Respondi que não, pois ela fica muito com a mãe neste momento. Você não me perguntou como vai a mãe dela, dona Inês, mas perguntou com que idade está. Na falta da pergunta, mesmo assim eu lhe disse que ela vai mal e está com 98 anos. Contei que não sofre de dores, não tem nenhuma doença grave, mas está cega, não tem mais dentes, não pode sair do leito, se mexer, nem mesmo levantar o braço para comer. Contei que, como disse a Sylvie, ela nunca se queixa e que a sua única preocupação, coisa que repete o tempo todo, é 'não querer ser um peso para os filhos'. Você respondeu:

'Que pena! Pena que ela não 'aproveitou' para se matar quando era menos velha e ainda podia — pois agora já está tarde demais — não tem mais como fazer isso.'

Eu fiquei chocada, pois não só achei essa observação de uma enorme truculência e falta de tato de sua parte, como entendi que mais uma vez você só é capaz de enxergar os outros de sua própria perspectiva. Você falava indiretamente (como sempre) de você mesma à sua própria filha, sendo que jamais esta ideia teria passado pela cabeça da dona Inês, "menos velha" ou não! E uma filha jamais deveria ouvir esse tipo de chantagem e ameaça de uma mãe que não está precisando de eutanásia por causa de alguma doença grave.

Antes de desligar o telefone (porque eu havia perdido totalmente a vontade de continuar a falar com você), eu lhe disse que você deveria relativizar a sua situação, uma vez que 'não é cega, enxerga perfeitamente agora que fez um bem-sucedido transplante de córnea, se alimenta bem (e não de papinhas) e pode fazer praticamente tudo que faz uma pessoa em boas condições, na sua idade'.

Contei que, da última vez que Sylvie esteve lá, a mãe dela lhe falou com um sorriso que 'pelo jeito, viveria até cem anos', o que deixou a filha muito feliz e orgulhosa. Você respondeu que isso 'era um absurdo' e repetiu 'que ela deveria ter se suicidado quando ainda era tempo' pois — segundo as suas próprias palavras — 'cada um deve decidir quando e como deve morrer'. Eu lhe respondi que não, que é Deus quem decide e que até mesmo a religião judaica renega os suicidas, que são enterrados à parte no cemitério judaico. Você perguntou:

'Ela está lúcida?'

Quando eu disse que sim, a sua resposta foi: 'Ah, então é por isso!' (se eu tivesse respondido o contrário, a sua conclusão teria sido a mesma). E você deduziu:

'Se a mãe da sua amiga aceita esse horror e está resignada é porque é religiosa!'

Não sei o que você entende por 'horror', pois para certas pessoas isso é e faz parte da vida e a maior parte delas ama a vida, mesmo que esteja serenamente preparada para a morte. Se não fosse assim, todos os idosos se suicidariam. E não sei o que você entende por 'religiosa'. Talvez seja desprezo por quem você julga que é 'ignorante', ingênua ou simplória.

Para mim, hoje, tanto faz o que o que você acha e os seus preconceitos. Religiosa ou não, ignorante a dona Inês não é, simplória ou ingênua tampouco — sempre a considerei extremamente inteligente — e penso que a Sylvie tem muita sorte (isso estou dizendo agora) de ter uma mãe que não precisa ficar dizendo que a ama, mas que prova isso apenas sendo como ela é e dando a entender que 'quer viver'. O melhor presente que um pai ou uma mãe pode dar a um filho é estar bem.

Você fala bastante, e com muita facilidade, que 'nos ama e quer a nossa felicidade'. Quem ama não maltrata, não dá indiretas, não manipula, não intimida, não destila coisas negativas, não faz chantagem. E sobretudo não coloca a responsabilidade da sua própria felicidade ou infelicidade sobre os filhos. Terence e eu, nós temos uma mãe tóxica que pode nos escrever e dizer coisas aparentemente 'maravilhosas', mas age de forma exatamente contrária.

Tive notícias de que você está ótima. Fiquei contente em saber. Espero que continue assim. Mas se optar pelo suicídio porque você se encontra 'acima de todos, de tudo e de Deus' (o que faz bastante sentido, vindo de você) sinta-se à vontade. Seus filhos, que felizmente não têm nada de idiotas, já possuem bastante experiência e estão amparados do ponto de vista psicológico — mesmo se sofrerem com a sua perda já se prepararam muito bem para não provar nem uma gota de pena ou de culpa. Shelly"

VI

Quando mamãe e meu pai voltaram da lua de mel, o convite dos meus avós paternos para a "festa americana" do casamento já os esperava em São Paulo. Naturalmente, a pequena sociedade nova-iorquina também tinha que conhecer a esposa grávida brasileira e a família dela. Assim, depois de ser concebida e passar a lua de mel com os meus pais, viajei em seguida à Nova York com eles, meus avós maternos e tia Fayga, sendo que foi a primeira e única vez em que não precisei de bilhete. E embora o Hotel se chamasse Sherry Netherland e ficasse de frente para o Central Park, os meus aposentos eram certamente bem mais confortáveis do que aqueles onde se instalaram.

Nem bem Ema e Louis Adams haviam desfeito as malas, o telefone tocou. A voz do meu pai soou em falsete e minha mãe compreendeu. Era Ruta Flicker que, segundo as explicações apressadas dele, tinha que ser visitada imediatamente porque estava à beira de cometer suicídio. Não sei o que minha mãe pensou naquela hora, mas duvido que tivesse acreditado que tal militante da força clandestina para a criação de um estado que ainda nem tinha sido fundado, cogitasse em colocar fim aos seus dias.

Ema terminou de pendurar o largo vestido que usaríamos (ela e eu) na notória festa do dia seguinte e acompanhou a mãe à loja Saks Fith Avenue, onde minha avó — que iria falecer ainda durante a minha infância — compraria um lindo chapéu claro enfeitado com véu e flores. Foi com esse chapéu que ela recebeu os cumprimentos dos convidados que a confundiram com a noiva. Convidados estes, presentes bem antes de Louis Adams que, só mais tarde e depois de ter passado a noite e o dia com a "senhora suicida", deu o ar de sua graça. Não sem antes passar pelo Hotel para fazer a barba, colocar o smoking e aspergir-se com o indefectível Old Spice.

A tímida esposa e a barriga dela ficaram num canto, enquanto meu pai — já que é hábito dar dinheiro como presente de casamento nos Estados Unidos — ia introduzindo no bolso os envelopes recheados de dólares dos quais, diga-se de passagem, minha mãe nunca viu a cor.

Escavar é a grande especialidade de Glica Preisner. Constantemente desejosa de reconhecimento e admiração, ela passa o seu tempo esquadrinhando gavetas, álbuns, arquivos, armários e o disco rígido do seu computador em busca de elementos para se fazer valer, como artigos, vídeos, fotos e textos sobre ela mesma — tudo que possa ser vaidosamente exibido e de que se possa gabar sem nenhum pudor, em pessoa, por e-mail ou, de preferência, nas redes sociais.

Mamãe sabe que Terence pode ser mais crédulo do que eu e às vezes sente-se culpado e realmente preocupado que ela consiga o intento de dar fim à sua vida. Para mim, as suas ameaças constituem mais uma impostura, a continuação das mesmas intimidações com as quais nos atemorizava desde a nossa infância. Quem vive cuidando de sua imagem como ela, deseja ter reconhecidos os próprios dotes e méritos intelectuais, demonstra orgulho pelo que lhe concerne e considera-se tão superior, dificilmente se arriscaria a morrer e nunca mais poder ouvir um elogio.

Sempre que falava com meu irmão, era naquele tom de decepção e agressividade passiva, como se ele tivesse falhado de novo e merecesse ser punido. Constantemente esperava muito mais do que aquilo que Terence, que nunca fugira de suas obrigações e já dava tanto de si, realmente deveria fazer por sua mãe.

Em cada vez que meu irmão sofre injustamente com esses maus-tratos, não apenas fico sentida, mas revoltada. Nessa altura da vida, ninguém merece abusos impingidos por terceiros, mesmo e sobretudo vindos de um próximo. Naquela carta escrita pela Olga, mamãe se despedia com o "coração cheio de amor pelos seus queridos". Isso, quando nunca escondeu que detesta todos os queridos dele, a começar pela nora Franca e sua família que ela critica e despreza.

Glica não reconhece os filhos e netos de meu irmão — dos quais nunca lembra o nome —, diz que "não é bisavó coisa nenhuma" e acha a família dele "feia". Além de ter sido sempre intolerante com uma das crianças que sofria de transtorno bipolar, a quem ela também odeia na vida adulta por sua bissexualidade.

Mesmo conhecendo o afeto de Terence pelos sogros, ignora o mínimo de respeito que deve à linda e sensata esposa dele, mãe de seus netos: jamais convidou os generosos pais de Franca para almoço, jantar, ou alguma celebração familiar. Indiretamente deixou bem claro que estes, porque segundo ela "pertenciam a outra classe social e cultural", não eram bem-vindos. Por outro lado, quantas vezes eles a convidaram! E com que calor, carinho e cordialidade a receberam!

Penso que o seu desprezo, não raro escondia ciúmes. Na época em que a sogra de meu irmão, aos 96 anos, foi contagiada por Covid e ele ficou alguns dias sem telefonar, nossa mãe quis saber:

"Por quê sumiu?"

"Sumi porque estive muito ocupado e preocupado com a minha sogra, aqui em casa. Agora ela teve que ser hospitalizada e está sob oxigênio."

"Sei. E eu, não conto?"

A última chantagem surtiu tal efeito que Terence tomou o primeiro avião para Miami. Só que, quando chegou, nossa mãe estava ótima. Como, além da vitimização, ela usa a sua falta de memória para fazer e justificar o que quiser, a primeira coisa que lhe disse foi que "não se lembrava de ter escrito aquela carta". Mas, "que bom que ele tinha vindo!" Precisava muito de ajuda para "sair daquele bairro horroroso".

"Shelly e Terence, preciso ver vocês. Amanhã será tarde demais." Há dois meses, logo que recebemos a nova ameaça e fomos visitá-la, vi — ainda no aeroporto quando conectei o celular no *wi-fi* — que ela continuava em sua eterna *ego trip*, publicando e republicando no Facebook, com igual frenesi, mais alguma coisa que conseguira escarafunchar nas gavetas, nos álbuns, arquivos, armários ou no disco rígido do computador. Não parecia que estivesse em depressão ou perigo. Bem ao contrário. "Amanhã será tarde demais", porém, pelo jeito, ainda dava tempo para autopromoção e mundanidade.

VII

O fato é que Ruta Flicker e Louis Adams nunca se separaram, nem mesmo durante o namoro, noivado e casamento dele com minha mãe. Na primeira semana da lua de mel de meus pais, que durou três meses — começou no Rio de Janeiro, continuou por vários países da América Latina, inclusive Bogotá onde, como já contei, quase perdi a vida, e terminou nos Andes — ela se instalou no mesmo hotel que eles. Assim, ao cair da tarde, depois de tomar um drinque com Ruta, Louis Adams invariavelmente desaparecia e voltava apenas no dia seguinte.

É possível até mesmo que a miliciana que havia lutado contra a ocupação britânica em Israel fosse conivente com um casamento por conveniência, do mesmo modo como dizem ter sido Camilla Shand Parker-Bowles em relação ao príncipe Charles Philip Arthur George Windsor e Lady Diana Frances Spencer. Ela sabia que mamãe e papai em comum tinham apenas a literatura. E, mesmo assim... talvez nem isso.

O máximo de experiência de vida que mamãe possuía aos dezenove anos, quando se casou, eram os doze anos de leitura ininterrupta desde que lhe deram o seu primeiro livro, o mimo paterno que a elevou à condição de verdadeira jewish princess e a estadia de um ano em Nova York e Miami. O que já era enorme naquela época em que os pais não permitiam nenhuma escapada. Com os livros não sei o que ela aprendeu, mas na primeira cidade sei que se tornou apta a se vestir de Carmem Miranda como estava na moda, a usar o buttom "Remember Pearl Harbor", a repetir a frase "never put bananas in the refrigerator" e a desenhar na Art's Students League. Em Miami, com o seu tio inventor aposentado, tomou conhecimento de como fazer coquetéis, passear à beira da praia, nos shoppings e ouvir as velhas histórias da família em inglês. Voltou ao Brasil carregando duas crianças que tinham perdido os pais em um desastre aéreo e recusou um arranjo de casamento que Isaac Kreisler, sua mãe e os amigos novos e velhos ricos, tinham preparado para ela.

Menina ainda, ganhava um Steinway & Sons, aprendia a tocar com os melhores professores particulares e fugia dos concertos. Quem a preparou para a primeira audição de piano da qual ela fugiu foi o célebre professor Kliass. Na verdade, a real audiência de Ema fomos nós, Lauriano e eu, que, durante alguns anos, a escutamos exercitar o Concerto Italiano de Bach, sentada no banquinho de veludo atrás da cauda do negro "grand piano".

Mais tarde, resolvendo que era artista, seguiu o curso de Di Cavalcanti e, narcisista como já se revelava, ficou feliz quando este assinou uma *de suas pinturas e a levou embora. Sempre ria muito ao contar o caso, dizendo que "algum colecionador fora enganado". Para ela, tanto fazia se aquele professor, que depois ficou tão famoso, roubava os alunos para vender os trabalhos como seus. Bastava que isto provasse o "quanto era talentosa".*

Ema recebia o ateliê inteiro, material importado, prensa completa, imprimia meia dúzia de gravuras e depois doava o caríssimo instrumento à uma escola de arte. Fazia alguns desenhos, pintava outra meia dúzia de telas com um uísque-soda ao lado, e — por distração — levava à boca de vez em quando o copo onde limpava os pincéis. Infelizmente, mamãe não era muito dada à aviação, à montaria ou aos parques de diversão, porque se assim fosse tenho certeza que, além do piano e da prensa, no jardim ainda teríamos um bimotor, um cavalo e um carrossel...

Pouco mais de uma década depois do casamento, Ema já se encontrava só, com um casal de filhos pequenos, desquitada de um brilhante neurótico de guerra sete anos mais velho do que ela. A jovem que nunca soubera ganhar a vida, continuava protegida até as orelhas pelo pai que, naquelas alturas, estava viúvo. Meu avô não mimava da mesma maneira os dois filhos homens. Estes foram educados com chicotinho em cima da mesa de refeições. A minha avó implorava, mas com eles vovô era implacável. Tia Fayga me contou que, uma vez, ele quase arrancou a orelha do filho do meio.

Ema não tirou a sorte com o pai de seus filhos — nem com sua mãe, famosa artista plástica, que não nutria por ela o mesmo amor e igual consideração que aos filhos homens —, mas teve boa estrela com o dela. De Isaac, jamais levou um castigo. Ele corria para satisfazer sua menor veleidade e, então, enquanto outras pessoas lutavam para praticar seus talentos, ela os desperdiçava. E enquanto trabalhavam contribuindo com os seus próximos e a sociedade, Ema passava a vida parasitando tudo e todos.

Em outra vez ainda que quis se matar sem, contudo, esquecer de continuar publicando na rede social o que encontrava nas escavações de sua imodesta arqueologia pessoal, Glica telefonou ao primo médico de Nova York e pediu:

"Você pode me dar umas gotinhas?"

"Não, isso vai contra o juramento de Hipócrates", ele respondeu. "Se quiser se matar, existem outras maneiras. Por exemplo, você pode pular da janela do seu prédio, enfiar a cabeça num saco plástico ou abrir o gás na cozinha. Consulte o Google."

"Eu só queria a sua ajuda. Não custa nada. Você me envia uma receita de alguns vidros por e-mail e eu mando a empregada comprar na Walgreens Pharmacy, aqui pertinho…"

"Até para se suicidar você é preguiçosa?"

Alguns dias depois, Glica descobriu um *site* de conferências, passou dias assistindo-as pelo computador e esqueceu das gotinhas. Telefonou ao filho e comentou a descoberta. Terence perguntou do que tratavam as palestras, ela respondeu:

"Vários assuntos. Tudo em francês. Não entendo quase nada, mas estou achando interessantíssimo. Terence, você já se vacinou contra a Covid?"

"Não consegui ainda. Mesmo aqui em São Francisco está muito difícil."

"Dê uns cem dólares para eles, que eles te vacinam."

"Mãe, isso é suborno! Você quer que eu fure a fila e passe na frente do coitado que não tem cem dólares?"

"Claro!"

Mais tarde, Olga perdeu a mãe que ela adorava. Tanto tempo na casa, a empregada fazia parte da família. Franca e eu telefonamos por WhatsApp para confortá-la. Ela chorou ao telefone, agradeceu muito. Contou que tinha pedido alguns dias à Dona Glica para poder ir ao enterro e que esta ficara furiosa.

Não era de admirar. Nunca vimos mamãe telefonar ou escrever a alguém para dar os pêsames. Ficava indiferente. Quando contávamos alguma má notícia que nos penava, não vislumbrávamos sequer uma faísca de empatia de sua parte. Nem mesmo com pessoas próximas que tivessem perdido um ente querido.

Franca conversou com Terence e ele ligou à mãe, para interferir em favor da empregada:

"Mãe, a Olga perdeu a mãe dela."

"Eu sei. E daí?"

"Daí que ela deve estar muito abalada."

"Eu é que estou abalada. Se ela quiser pegar uns dias de folga, como é que eu faço sem empregada?"

VIII

A experiência que Ruta Flicker possuía, aos 32 anos, era com a Haganá, a força clandestina da autodefesa judaica que se tornou o mecanismo central do Movimento Sionista até a criação de Israel em 1948. Oposto de uma jewish princess, *provavelmente pouco interessada em revistas de decoração e Carmem Miranda, Ruta fazia parte da Hassadah, a famosa "Organização Sionista Nacional das Mulheres da América" em Nova York, que teve um papel preponderante na imigração para a Palestina. Como todas as mulheres daquela estirpe, seus objetivos certamente não eram o casamento, filhos e um lar. Amantes, sim. De preferência belos, mais jovens, muito brilhantes. E também militantes, de esquerda. Exatamente como meu pai.*

Como ele, herói de guerra americano e literário com formação na Universidade de Nova York (aonde, mais tarde, retornou como professor de linguística), foi parar no Brasil e encontrou a minha mãe?

Quando Louis Adams voltou da guerra, a América não era mais a mesma. No imediato pós-guerra propagava-se o desemprego, a miséria, o caos. A guerra fria, a caça aos comunistas, o macarthismo em seu início, tudo isso levou-o a procurar um primo industrial, fabricante de persianas, para lhe propor uma representação. Eldorado! Uma vez que a palavra Brasil lhe soava como se definisse a única terra pródiga restante no planeta, era para lá que ele iria como representante das tais persianas.

Não sei se ele veio com Ruta ou a reencontrou aqui. Enquanto ela organizava reuniões de arrecadamento de fundos para o Estado de Israel nas principais capitais brasileiras, ele tentava se estabelecer em São Paulo. A comunidade judaica o recebeu de braços abertos por causa de seu passado heroico, sionismo, carisma pessoal, sua lábia e cultura.

Em todo caso, creio que foi numa dessas reuniões militantes e sociais que a jovem Ema encontrou o seu príncipe. Não faltaria o uniforme de gala de oficial condecorado, a elegância, a postura, a verve e sobretudo o saber que as centenas de livros devorados a tinham feito admirar. Não faltaria a certeza de que nenhum daqueles moços milionários, feios e sem graça que lhe tinham sido apresentados chegava aos pés do preeminente americano. Noivaram e casaram em três meses.

Isaac Kreisler convenceu o genro a esquecer as persianas e o ajudou a construir "Nitco", uma fábrica concorrente de lingerie que, depois, meu pai transformou numa bem-sucedida fábrica têxtil, reproduzindo as últimas novidades americanas, como os conjuntinhos sintéticos de "Ban-lon". A propaganda, ou melhor, o "reclame" daquela usina foi o primeiro que assisti em minha vida na enorme televisão em branco e preto que, no começo dos anos 1950, ele trouxe para a casa da rua dos Tamanás.

A primeira parte da publicidade era um relógio que ocupava a tela inteira, transmitida pela TV Tupi, fazendo "tic-tac-tic-tac-tic-tac". Em seguida aparecia a modelo, loira platinada com um coque "banana", vestindo aquele conjuntinho de tecido sintético cor-de-rosa que consistia num pequeno pulôver de mangas curtas até a cintura e outro aberto, com botões, jogado nas costas. Ela exclamava com o ar feliz: "Nitco! No passar das horas!" E o relógio voltava: "tic-tac-tic-tac-tic-tac". Nós batíamos palmas e Louis Adams, meu pai, quase estourava de orgulho. Justo ele que defendia os beatniks, o ritmo e a linguagem assimétrica do jazz contra a obsessão da classe média por objetos e pela harmonia. E isso acontecia todas as noites, é claro, antes do "Repórter Esso" onde ouvíamos uma nova interpretação do "Barbeiro de Sevilha": "só Esso dá ao seu carro o máximo!"

Não sei se meu avô paterno gostou da ideia que papai teve depois, porque não contente com a "Nitco" que, diga-se de passagem, ia de vento em popa, ele comprou terras perto de Cuiabá com o intuito de plantar café. Contratou Yuri e Aaron, dois israelenses ex-sionistas que ficaram bem contentes de deixar os seus kibutz para se ocuparem de fazendas no Mato Grosso. Afinal, aquele ainda era o "Brasil do futuro".

Esses homens iriam desempenhar um papel nada desprezível nas peças que mais tarde constituiriam o divórcio litigioso de meus pais mas, depois disso, já mais perto do "Brasil do presente" trairiam e roubariam Louis Adams, movendo uma ação falsa contra ele que, além de ter perdido a mulher e a guarda dos filhos, ficou sem a propriedade rural, contraiu dívidas, afogou-se ainda mais na bebida, encaminhando-se rapidamente para a ruína. Não lhe restava outra alternativa senão desaparecer e reinventar uma nova vida longe dali.

Terence e eu geralmente nos arranjamos para que as nossas chegadas a Miami coincidam e não precisemos ficar com nossa mãe, face a face, como daquela vez em que ele foi visitá-la sozinho, no Dia das Mães, porque eu não estava falando com ela. Na volta dele a São Francisco, enviei um e-mail:

"De fato, estando na cidade como consultor de empresas, era difícil você escapar dessa. Como se passou tudo? Espero que ela não tenha te deixado mal."

"Foi desagradável como sempre, mas fiquei bem pouco tempo", respondeu o meu irmão. E, com o humor de sempre, reproduziu o diálogo teatral que teve com Glica, quando ela perguntou "se ele sabia por que eu a cortara da minha vida". Meu irmão replicou:

"Você não sabe mesmo?"

Glica:

"Claro que não. Nunca fiz nada de mal pra ela."

Terence:

"Então você acha que nos abandonar quando crianças estava certo?"

Glica:

"Não me culpo por isso e, além disso, já faz tanto tempo..."

Terence:

"Isso é só o começo. A Shelly tem muitas outras razões, mas eu não vou te dizer. Pense um pouco, que você descobre."

É sempre menos penoso e maçante quando cumprimos juntos essa obrigação. Esperávamos que fosse assim também daquela vez! Deixaríamos as malas no *flat*, encomendaríamos um Uber e chegaríamos na baía Biscayne para o almoço. Deste modo poderíamos conversar com ela e voltar para os nossos quartos, no final da tarde, para beber.

Sim, porque como a nossa mãe enveredou no alcoolismo dos egocêntricos que arrastam os próximos ao seu próprio abismo para o justificarem, ela conseguiu. "Tome um uisquinho, filhinha." Foi isso que ouvi durante anos, desde jovem no apartamento dela e depois, por telefone, toda vez que eu voltava à minha casa, exausta do trabalho. Também vi a minha mãe oferecer bebida ao meu irmão, quando a mulher dele — que o ajudava a parar de beber — virava as costas. Ela o incitava, em voz baixa, olhando em volta para se certificar que Franca não estava por perto:

"Aproveite!"

Nos tornamos alcoólatras não apenas porque fomos fracos ou por hereditariedade, mas porque esse foi o desejo de Glica. Ela nos deu a vida, porém como Medeia traída por Jasão nosso pai, penso que gostaria de ter tido o poder de tirá-la.

IX

O álcool fluía livremente na rua dos Tamanás. Papai escrevia sobre literatura para o Suplemento literário do jornal O Estado de S. Paulo *e mamãe que, nos anos 1950, se dedicava à gravura e ao desenho, fazia as ilustrações. Como ele patrocinava as principais instituições culturais, os convidados deles pertenciam sobretudo ao mundo do teatro, cinema, jornalismo, das artes plásticas e letras. Invariavelmente, todos circulavam com um copo na mão. Ao lado do sofá de veludo em forma de ameba, ficava o bar.*

Se por ali passavam Nydia Lícia, Eni Autran, Walmor Chagas, Ítalo Rossi, Ruggero Jacobbi, Maurice Vaneau, Alberto D'Aversa, Gianni Ratto, Aldo Calvo, Jorge Andrade, Jacó Guinsburg entre muitos outros, para nós não fazia a menor diferença. Para mim, apenas um, que se chamava Rubem de Falco, e que me tratava como uma princesinha, tanto se me dava se era príncipe ou ator. Só o nome já me fazia sonhar...

Quando não bebia, Louis Adams era uma enciclopédia. Quando bebia, em contrapartida, virava um roman noir. *Propunha a mais pessimista visão de um universo que ele não suportava mais. Naquele mundo dominado pela paranoia, os personagens e os horrores da guerra, misturavam-se às figuras romanescas de Faulkner, John dos Passos, Hemingway e também às pessoas e aos fatos da vida corrente. De forma que, quando ele descrevia o que passara — embora a história de sua vida fosse absolutamente verdadeira e confirmada por amigos e família que encontramos mais tarde —, eu e meu irmão nunca soubemos o que delimitava a realidade dele da sua ficção.*

A verdade é que papai nascera numa família judaica de origem austro-húngara que, como tantas outras, depois da Primeira Grande Guerra imigrou para os Estados Unidos instalando-se no Brooklyn, em Nova York. O meu avô paterno era dentista de bairro, minha avó dona-de-casa, e tiveram três filhos, nesta ordem: Rachel, Jonathan e Louis Adams. O falecido tio Jonathan foi um médico e biólogo de renome, PhD, professor de Genética Molecular e Pediatria no Albert Einstein College of Medicine, editor-chefe de uma revista científica importante e fundador da Sociedade Internacional de Citogenética e Genoma. Tia Raquel era psicanalista. Louis Adams formou-se em Letras e com a eclosão da Segunda Grande Guerra foi chamado, como outros milhares de jovens, para servir no exército americano.

Com a função de major e ajudante de ordens direto do general Eisenhower, entre outros feitos, papai desembarcou na Normandia no dia 6 de junho de 1944, foi ferido, atravessou a França, dirigiu-se à Baviera e, na jornada, matou vários alemães. Finalmente, tendo feito fuzilar um general, tomou Wasserburg am Inn, da qual se tornou governador militar.

Este fato está relatado nos estudos de Robert Obermayr, universitário que hoje pesquisa a resistência alemã, o período de ocupação dos americanos, a desnazificação e a reconstrução das estruturas democráticas em Wasserburg, liderada por seu prefeito Josef Estermann, um comunista bávaro. O projeto do pesquisador é retratar a relação de amizade entre Estermann e meu pai que, segundo ele, "falava o alemão perfeitamente". Num artigo que encontrou, assinado pelo padre de Wasserburg e publicado pelo jornal local em 1946, está escrito:

"Particularmente notável foi o jovem e ativo capitão Louis Adams que, como governador militar, organizou a administração com um trabalho preciso e rigoroso desde janeiro de 1946. Muitos de seus decretos serviram

para restaurar a lei e a ordem e foram bem recebidos pela população. Outros, como a restrição da natação na piscina pública das 12h00 às 13h30 e das 19h00 em diante, não foram compreendidos, embora o governador os justificasse referindo-se a um trabalho 'mais enérgico'. A medida mais drástica tomada pelo governo militar foi, sem dúvida, a de enfrentar a limpeza política de forma clara e decisiva."

A proibição do uso da piscina ninguém entendeu, mas eu estou persuadida de que meu pai reservara aquelas horas apenas para os americanos. Inteligente como era, por motivo de segurança evidentemente não teria querido que o pessoal das forças americanas de ocupação nadassem, condição na qual estaria desarmados, e portanto expostos, próximos de ex-súditos do Terceiro Reich.

Ainda segundo o universitário, Louis Adams trabalhou ao lado do prefeito de Wasserburg por muito tempo e mais tarde testemunhou a seu favor, quando Estermann foi julgado suspeito de espionagem para a Gestapo. Foi o que ajudou o amigo a ser absolvido no final. Na pesquisa dele há também uma outra história sobre papai, relatada por um escritor local, a respeito de sua busca por um novo administrador distrital depois que Estermann foi demitido. Espero ansiosamente o momento de ter acesso a ela.

Meu pai, judeu, foi governador militar na Baviera antes de voltar para o Brooklin levando o quadro, o cachorro e o baú que eu conheci. O quadro o representava como governador militar: era o seu retrato pintado sobre o do oficial nazi que ele tinha prendido e mandado fuzilar (no reverso da tela podia-se ver ainda uma cruz gamada). Nessa pintura, que imitava a academia alemã do século XIX, Louis Adams vestia o uniforme de major e segurava o fuzil com aquela expressão bonapartiana que nos era familiar.

Do que lembro, pelo que me foi descrito, pelas fotos que vi e pelo que me é contado até hoje por alguns amigos da família, Louis Adams, fisicamente, era um misto de Napoleão Bonaparte, Orson Welles e Marlon Brando. E ainda por cima o seu corpo avantajado exibia não uma tatuagem, mas as cicatrizes da granada que estourou em suas costas. Não me admira que minha mãe, aos 18 anos, tenha caído perdidamente apaixonada por ele.

Além do quadro, o cachorro e o baú também são inesquecíveis. Quando iam para a guerra, os simples soldados levavam uma mochila. Já os oficiais tinham o direito de portar um baú de metal. O baú de Louis Adams, que ele trouxe de volta consigo, continha as armas de fogo, espadas e uniformes de todos os soldados e oficiais de quem tirou a vida. E o cachorro, um pastor alemão que se chamava Wotan, o deus-personagem do Anel dos Nibelungos de Wagner, foi o companheiro querido da minha infância.

Eu, uma criança judia, vivendo entre duas famílias que escaparam do Holocausto, tive como amigo um cachorro de nome wagneriano, herdado de um general nazista morto pelo meu pai na Baviera. E isso, no Brasil. Um cachorro, aliás, que Louis Adams, penalizado, havia recolhido, pois Wotan, tendo perdido o mestre alemão, seguiu o trem do assassino dele que partia definitivamente a Munique, a fim de tomar o avião de volta a Nova York.

Decidimos que a nossa mãe iria para uma casa de repouso de preço acessível em Miami, onde ela possui parentes. Não tínhamos como cobrir os seus gastos no bonito apartamento alugado na rua 51, entre a Sexta e a Sétima avenidas, em Nova York, com chofer, a Olga — empregada que viera do Brasil — faxineira, manicure/pedicura a domicílio, secretária contábil, assistente qualificada e bilíngue que reescrevia seus textos, "professor de computador", fisioterapeuta a domicílio, cabeleireiro às vezes em casa, às vezes no famoso salão da avenida Madison, costureira e outros auxiliares circunstanciais como a bibliotecária que trabalhou seis meses para organizar a sua biblioteca de oito mil volumes em seções e por ordem alfabética. Além de que ela mandara instalar ar-condicionado em todas as peças, fazer armários, cortinas e reformas de cozinha, num apartamento que nem mesmo lhe pertencia.

Era o seu primeiro imóvel alugado, desde que vendera os seus bens em São Paulo, Londres, Bruxelas, Barcelona e, por fim, a luxuosa cobertura dúplex, não longe dali. Aquela tinha o dobro do tamanho, porteiro, vista para o Central Park e quando Glica fora obrigada a deixá-la para se instalar a quinhentos metros de distância, nesse apartamento também luxuoso, ela se comparava com os judeus que tiveram que abandonar suas casas para ir aos campos de concentração. Ficou em tal estado que realmente dava a impressão de estar indo para Auschwitz.

No meu diário de seis cadernos e pelo menos dez bloquinhos, que iniciei aos dez anos de idade, anotei dezenas de suas queixas, ameaças e reclamações. Algumas diferentes, a maior parte parecidas. Porém, a frase que ainda mais me surpreende pela sua precisão, foi a que escrevi sobre minha mãe num destes maços de folhas, duas décadas depois:

"Existem pessoas que estão, talvez inconscientemente, sempre à espera de acontecimentos funestos. A sua angústia é tão constante, que estes acontecimentos viriam confortavelmente justificá-la."

Nas semanas que precederam a sua mudança para o apartamento na rua 51, Glica começava o dia invariavelmente telefonando à família e a conhecidos contando o "drama" dela afim de que estes o resolvessem, dizendo a todos que "Terence nunca deveria tê-la deixado vender o penúltimo imóvel que lhe restava". Minha sobrinha cineasta, que fazia um documentário sobre a família, e filmou a mudança, captou momentos de desespero e desolação que hoje só se vê em barcos de refugiados.

X

Sempre associei as pessoas a pequenas particularidades que, se não tinham importância em si, deviam servir como referência simbólica à personalidade delas em relação a mim. Evidentemente, existem alguns destes pormenores que liguei a meu pai.

O apelido dele era Abe, diminutivo americano de Abraham, provavelmente porque a minha avó teria gostado de dar-lhe um nome bíblico quando ele nasceu. No Brasil ninguém o chamava de Abraham Louis Adams.

Ele era Abe para os íntimos, Sr. Abe A. para os conhecidos e Seu Abe para os empregados, nome sempre pronunciado à maneira americana, "eibe".

Para mim, que ainda queria acreditar que meu pai era como os outros, Abe diferenciava-se apenas por quatro coisas: as roupas, os óculos, o perfume e o automóvel. Quando estava em sua fazenda de café no Mato Grosso não sei, mas nos momentos em que se encontrava na cidade andava invariavelmente de terno. Dependendo da estação, estes eram em príncipe-de-gales, tweed ou pied-de-poule, elegantemente combinados com gravatas de crochê. Não me lembro de tê-lo visto uma só vez sem o lenço alvo e repassado que saía em ponta da algibeirinha do peito. Nunca vi homem mais elegante e sei que mamãe, minha tia-avó Fayga, Ruta Flicker e Cacilda Becker também pensavam assim.

Os óculos eram muito importantes. Não só serviam para proteger e esconder os olhos das ressacas homéricas das manhãs, como consistiam nos únicos símbolos possíveis a reafirmar a Segunda Grande Guerra, onde oficial que se prezasse fazia uso do Ray-Ban.

Old Spice era o seu perfume. E o frasco cônico de vidro leitoso estampado com uma caravela azul ficava sempre à vista, em cima da pia do banheiro. Jamais esqueci daquele aroma que eu adorava ir sentir quando meu pai, ao terminar a barba, tapeava o rosto com ele. E nesse ponto eu era soberana, podia entrar e sair de lá da forma e na hora que me aprouvesse. Afinal, fui bebê Spock[2] e criança Summerhill[3], tratada e

---

[2] Dr.Benjamin Spock (1903 — 1998) foi um atleta e pediatra americano que publicou em 1946 o livro *The Common Sense Book of Baby and Child* (em português, *Meu filho, Meu Tesouro: Como Criar e Educar os filhos*) que se tornou um *best-seller* mundial (em 1998 já havia vendido mais de cinquenta milhões de exemplares e sido traduzido em 39 línguas).
[3] *Summerhill* é uma escola fundada em 1921 por Alexander Sutherland Neill (1883-1973) com o objetivo de aplicar suas teorias pedagógicas originais. Os princípios de funcionamento da escola são a liberdade ea democracia.

educada segundo os métodos mais modernos e revolucionários que eles pensavam ter encontrado na época! Não sei se mamãe concordava com isso, mas Abe considerava que as famílias precisavam agir com naturalidade entre si e que a nudez não devia ser um tabu. Foi igualmente por causa daqueles conceitos progressistas que ninguém (exceto Ema, às escondidas) me pegava no colo quando eu chorava desesperadamente em meu berço. "Criança não se pode mimar!"

Hoje entendo por que a primeira coisa que minha mãe fez quando se separou de papai foi tirar uma carta de motorista. Durante os onze anos que ficou com ele, ouviu a idêntica lengalenga de que "nunca teria capacidade de guiar". Ele, sim. Depois de fazer a barba, vestir o seu terno, afundar o lenço perfumado no bolsinho do paletó e ajustar no nariz os óculos Ray-Ban, entrava em seu Buick conversível e partia com uma arrancada. Aquele mesmo automóvel no qual meu irmão e eu fomos obrigados a entrar, antes de desaparecermos do mapa.

Além de assistida, dependente de tanta gente desde cedo, enganada por aproveitadores, Glica, como já contei, é uma consumidora compulsiva. Compra pelo simples prazer de comprar. Depois, se o objeto não for valioso, joga fora ou oferece, distribui presentes, gratificações e pagamentos a granel para qualquer serviço e, da mesma maneira que tantos outros narcisistas, a todos que a lisonjeiam. Necessita continuamente ver a própria imagem no olhar reconhecido e admirativo do outro.

Ao filho ela emprestaria o equivalente ao preço de um pequeno automóvel de segunda mão para ele dar entrada numa casa de subúrbio, valor que cobraria algum tempo depois, insistindo que Terence lhe devia dez vezes mais. No entanto, quando morava em São Paulo, chegou a por à disposição todo o dinheiro necessário para o marido da faxineira comprar um caminhão. Dinheiro e mulher dos quais, aliás, ela nunca mais viu a cor.

Pessoas assim são um pouco como os cortesãos de Luís XIV: estabelecem ligações de afetividade e dependência com subalternos, a quem sempre cobrem exageradamente de regalias. Freud explica, e algumas histórias bíblicas também. O fato é que, geralmente, elas têm problema neurótico com o consumo. É por essa razão que compram por impulso e no momento em que a gana foi satisfeita, o objeto cobiçado não lhes interessa mais.

Maria Antonieta, a mimada, era fichinha perto de Glica Preisner. Com a diferença de que esta nunca precisou se preocupar com a guilhotina. Além de sua neurose consumista, ou talvez em parte por causa dela, nossa mãe jamais deu valor ao dinheiro, nunca pediu orçamento para nada, contratava serviços sem saber o que iria pagar, viveu como se fosse membro da nobreza, achando que a totalidade das coisas da existência lhe era devida. Sempre foi a pessoa mais roubada que conheço. Típico de quem se acha tão rico que pode ser furtado porque não produz a menor diferença.

Faz parte da sua podre mentalidade aristocrática. Nada tem que ser conquistado, tudo lhe é merecido, apenas porque "ela é ela", a filha — não de Kafka, como pretende — mas, de Isaac Preisner.

XI

Enquanto nossos pais estiveram juntos, moramos em três casas que foram mudando de status à medida que papai enriquecia. A primeira ficava na rua Tucumán em frente ao Clube Pinheiros, a segunda na Salvador Mendonça onde fomos vizinhos da famosa Luz del Fuego e suas cobras, e a terceira, na rua dos Tamanás, em Pinheiros. É difícil esquecê-las. Em todas, o que mais nos marcou foram as brigas e... as festas. De tal maneira que eu, ainda criança, pensava que a vida adulta devia ser muito dosada e excitante. Como acontece com a tempestade e a calmaria, me parecia que os adultos misturavam, nas devidas proporções, a violenta agitação e o divertimento.

Naquelas casas, as refeições, festas e reuniões nunca eram monolíticas. Compunham mosaicos de histórias de vez em quando felizes, mas não raro dilacerantes. Estas, geralmente acabavam em agressões físicas e verbais, quebra de louça, gritos, soluços e desespero.

Talvez por medo, curiosidade ou as duas coisas juntas, na última casa da rua dos Tamanás, onde tirei meus sapatinhos para oferecer à filha da empregada que vi descalça — minha primeira experiência com a injustiça social — escolhi um mirante de onde pudesse acompanhar o desenrolar dos acontecimentos, sobretudo à noite. Era um ponto estratégico. Situava-se em frente do meu quarto (para onde eu podia fugir, se a coisa apertasse) no alto da escada que ligava os quatro andares da mansão.

Nem o desconfortável degrau esmorecia o meu empenho em testemunhar os episódios. Meu miradouro situava-se no caminho da toalete das visitas.

Ali, eu só não era transparente para minha mãe que, de hora em hora, tentava me reconduzir à cama. E para alguns convidados ilustres que, às vezes, me punham no colo com palavras de carinho.

Assim, Glica Preisner esbanjou o que podia e depois também o que não podia, sem prever e planejar o futuro, cegando-se e negando a realidade que não queria enxergar. Viveu num mundo de fantasia e, de repente, foi obrigada a descobrir que estava pobre. E, se não fosse pela compaixão de alguns, sozinha. Mesmo assim, recusava-se a acreditar. Falava que tinha sorte, que o destino iria se encarregar de resolver tudo. Quando tocávamos no assunto, ela mudava de conversa e a cada vez tínhamos a impressão de testemunhar uma avestruz com cabeça dentro da terra.

Glica foi e continua o oposto das pessoas sensatas, previdentes, que poupam pensando nos próximos. Para ela, "après moi, le déluge"[4]. Vejo sensatos e previdentes envelhecerem cercados de amor, sem que nada lhes falte. Alguns já desapareceram, mas são lembrados e amados até hoje por sua luz, simpatia e benevolência. Duvido bastante que este seja o destino de minha mãe.

Para o cúmulo de tudo, ela — que jamais trabalhou e confunde o mundo dos negócios com amizade — lamentou a sua ruína ao canalha que pensava ser seu amigo e que, na verdade, é sócio e cúmplice dos

---

[4] "Depois de mim, o dilúvio".

inquilinos do único imóvel que lhe dava ainda alguma renda. Estes sabendo que Glica estava arruinada, deduziram que não teria como processá-los e, para pressioná-la a baixar o aluguel, pararam de pagar. Eu também deixei de receber, enquanto coproprietária do mesmo imóvel.

O seu dinheiro havia acabado até o último centavo, o apartamento e os funcionários não eram pagos há meses. Estes começaram a debandar. Ficaram apenas Olga, a cozinheira, que guiava o carro, e a faxineira, ambas transformadas em cuidadoras em tempo integral, que nós pagávamos — assim como a sua comida, remédios, seguro saúde e outras coisas básicas, porque não queríamos que nossa mãe ficasse sem assistência.

Como, sem o aluguel, eu não podia mais arcar com tais despesas, Terence e Franca, junto com a generosa Clara enteada de Glica, filha de seu falecido marido, tomaram a dianteira, sem mim. Entre nós, éramos os "batalhões" de São Paulo, São Francisco e Paris, que lutavam para manter nossa mãe e madrasta, dignamente, em vida.

Junto com um advogado, conseguimos convencê-la a mudar-se de Nova York para Miami, mesmo porque não queríamos ver as dívidas e os aluguéis se multiplicarem. Ela deixou tudo que era dela no apartamento da rua 51, não rescindiu o contrato e disse que faria apenas uma "experiência". O proprietário, rico diplomata suíço que trabalha na ONU, ficou a ver navios, sem poder despejar uma senhora daquela idade.

XII

Aos 29 anos, no dia em que Ema deixou Louis Adams, ele era um senhor de 36. A noite anterior é possível que eu tivesse passado, como sempre, em meu mirante e que mamãe, ao transpor o corredor, estivesse em soluços. É concebível também que aquela tenha sido a noitada na qual Louis Adams desaparecera com Cacilda Becker, deixando Ema e os convidados atônitos, voltando apenas de manhã para o café quando exigira suas vitaminas, levedura de cerveja, suco de laranja, waffles, ovos fritos e bacon.

A escapadela não representava grande novidade pois, desde a lua de mel (e até mesmo antes do casamento), ele fazia a mesma coisa. Primeiro com Ruta Flicker, a espiã e guerrilheira sionista em trânsito pelo mundo; depois, com Jane Austin que eu e Lauriano conhecemos, a simpática loira arquiteta americana, mal casada com um quatrocentão paulistano.

Na manhã seguinte, assim que papai saiu para o trabalho, mamãe fez as malas dela e as nossas, colocou um livro de Hermann Hesse na bolsa Hermès de tela bege e couro havana e disse adeus à sua biblioteca, quadros, piano, casa e jardins da rua dos Tamanás. Entrou conosco no luxuoso sedã Ford de Isaac Kreisler, cumprimentou o motorista e ordenou: "Emílio, para a casa do papai!"

Emílio, o motorista, era aquele tipo de pessoa que dava a impressão de estar sempre sorrindo. Tanto a satisfação quanto a reprovação provocavam o mesmo ricto que atravessava os seus olhos e lábios. Eu ficava fascinada ao observar a dança que fazia o seu braço ao trocar as marchas do Galaxy e o ritmo com que o pé o acompanhava. Enquanto a mão esquerda com a grossa aliança de ouro tocava a direção como se ela fosse um instrumento de música, a outra com o anel de brasão dirigia uma orquestra. E quando ele descia para abrir a porta do carro era o seu alfinete de gravata, também em ouro, que brilhava ao sol. Emílio era reluzente e penso que, além do mais, devia ser mineiro pois foi a primeira grande personalidade diplomática que conheci. Até se aposentar, não tenho lembrança de nenhum acontecimento no qual ele não estivesse presente.

Assim, é claro que foi ele quem nos conduziu naquela histórica data familiar em que a minha mãe fugiu de casa conosco — de forma violenta — como se fossemos seus brinquedos, sem nos avisar ou perguntar se era o que queríamos. Mesmo a crianças se deve esse respeito.

Com o seu peculiar balé motorizado, Emílio saiu de Pinheiros em direção ao centro, pegou a avenida Brasil e entrou na rua Venezuela, onde parou o carro do lado direito na frente daquela casa branca com um grande jardim. Era a mansão de meu avô, onde, fora decidido à nossa revelia, iríamos morar durante o tempo necessário para que mamãe encontrasse um apartamento.

Ali, Emílio descarregou o porta-malas e, quando meu irmão e eu fomos informados do que ocorria, mal tivemos tempo de ficar tristes, pois imediatamente ele recebeu ordens de nos levar à loja de brinquedos na rua Augusta onde poderíamos escolher o que melhor nos aprouvesse.

Mais tarde, sabendo que além da sua falta eu sofria também com a ausência de Wotan, papai enviou o cachorro à rua Venezuela. A culpa de imaginar o meu pai sozinho e sem o seu companheiro provocou em mim tanto desgosto que eu não conseguia parar de chorar. Fiquei assim por vários dias. Glica foi obrigada a pedir para Emílio levar Wotan de volta ao meu pai.

Não lembro o que escolheu Lauriano naquela loja de brinquedos. Mas talvez porque a casa de verdade tivesse ruído, optei por uma de bonecas enquanto ambos, por causa dos presentes, provávamos sentimentos mistos de tristeza e alegria, culpa e indiferença, preocupação e excitação com a novidade.

Até o enfrentamento da realidade, ao qual tínhamos direito e obrigação, nos foi escamoteado com essa manobra dos brinquedos que mais aliviava a consciência dos adultos do que nos protegia. Eis o momento inaugural de todas as manipulações que sofreríamos durante o resto de nossas vidas, até a morte de Ema Kreisler no residencial sênior da baía Biscayne, em Miami, para onde nos dirigimos neste momento.

Por livre vontade, Glica deixou, portanto, o apartamento na rua 51 onde continuava inadimplente, para "experimentar" as casas de repouso que Terence conseguira encontrar depois de muito procurar. "Permanecer na rua 51", segundo o advogado, "lhe causaria sérios problemas". Meu irmão acompanhou-a no avião até Miami, ela testou três e, a cada vez, em menos de 48 horas, já iniciava um escândalo para voltar a Nova York. Ligava e enviava e-mails pedindo socorro à família inteira, mesmo a mais longínqua, aos poucos amigos interesseiros ou piedosos que lhe restavam, a médicos, advogados. A cada vez, Terence ia retirá-la e procurava outro residencial.

Enquanto isso, ele negociava com o proprietário do apartamento alugado, e com os fiadores dela. Visitava-a, comprava comida, e levava-a ao hospital. Mantinha contato com ela e o *staff* da casa de repouso diariamente. Consultava a psicóloga da casa de repouso.

Na segunda, e também na terceira residência sênior, Glica chegou a chamar a secretária, o fisioterapeuta e a cabeleireira da avenida Madison. A todos se queixava de sua sorte, chorava, fazia-se de vítima, dizendo que seu filho "era milionário e deveria mantê-la na mesma vida que levava antes; que eu, sim, era pobre mas não a respeitava, que nós não nos importávamos com ela…"

Fazia pesquisas por Internet e calculava quanto custavam os imóveis onde eu e meu irmão residíamos e que nos pertencem porque foram batalhados por nós, jamais ajudados por ela. Calculou até mesmo o valor do meu apartamento de setenta metros quadrados, que ela sempre julgou "um armário". Relatava valores imaginários de nossas moradias, "milhões de euros e dólares", a todos com quem falava. O que indiretamente significava, imagino, "que deveríamos vender as nossas moradias, para que ela mantivesse o mesmo 'trem de vida' luxuoso que levava antes."

Clara, a sua enteada, que não queria de jeito nenhum conhecer esses números, mais ainda sabendo que eram falsos, sentiu-se constrangida… Aos gritos, nossa mãe dizia que não podia sair da casa de repouso porque "encontrava-se em cárcere privado", que Terence e a nora "a tinham feito prisioneira", o que, evidentemente, ou estava no âmbito da paranoia ou era pura difamação. Ameaçou processar Terence na Justiça. Ao telefonar para o advogado, este lhe disse:

"Dona Glica, ninguém forçou a senhora a sair e ir aonde não queria. A senhora decidiu e foi. E depois mudou de ideia, como sempre. Nunca conheci ninguém assim, que de manhã diz uma coisa e à noite já diz outra. Num momento a senhora pensa que alguém 'é maravilhoso' e, noutro, fala horrores da mesma pessoa. É de deixar qualquer um maluco! Eu não vou admitir que a senhora diga que foi forçada a ficar numa prisão. Todos esperavam que a senhora se adaptasse e concluísse por si mesma que era a solução mais segura e prática, provisoriamente, até que seus problemas financeiros fossem resolvidos, a senhora pudesse pagar as suas dívidas e, então, voltar à vida de antes. A senhora não aceita a sua realidade."

Antes de desligar, o advogado convidou-a a visitar a Women's Detention Center, a menos de trinta quilômetros do residencial. Afirmou que estava disposto a levá-la, para que conhecesse "o que é uma prisão de verdade".

Como todos ouviram a mesma ladainha muitos anos antes quando ela ainda possuía propriedades, a sua *entourage* já "sabia" o que éramos: "monstros impiedosos, os piores filhos do planeta". O e-mail que Glica enviara ao irmão dela dez anos antes, e recebi por engano junto com a resposta dele (e cujos erros ortográficos são estes mesmos) dizia:

"Esta é a carta que mandei pra advogada. Quiz que você soubesse que não pretendo deixar absolutamente nada, tanto para Shelly, como para o Terence. O que ainda tiver tem que ir para o meu neto. Com a Shelly e o Terence, não falo mais, nem com o pai do meu neto, portanto quiz que você fosse testemunha de minha vontade. Verei o que eu posso fazer do ponto de vista jurídico. Beijos da Glica."

Depois, percebendo que ficava mais velha, ia acabar sozinha sem nenhum dinheiro, não éramos tão ruins assim e talvez pudéssemos sustentá-la um dia, nossa mãe achou que nos deserdar não seria uma boa solução e, voltou atrás. Mas ninguém mais falava conosco.

Vários anos mais tarde, prometeu até mesmo me deixar em testamento o último imóvel que lhe restava, do qual sou coproprietária, provavelmente para me "comprar", como ela faz com seus amigos. Não refletiu que isto seria injusto com Terence, ou talvez quis vingar-se dele, que ela julgava "rico" e invejava, quando, de fato, meu irmão por seus próprios esforços conseguira ser bem sucedido.

Ou, talvez, quisesse indispor meu irmão contra mim. Recentemente, quando precisou de dinheiro, usou Terence nas minhas costas para ajudá-la a vender o imóvel que me havia oferecido. E mentiu dizendo a ele que eu tinha "pedido" a parte dela desse imóvel, ideia que nunca passou pela minha cabeça. Justo eu que, por dignidade, me sentiria muito mal em reclamar um bem familiar, ainda mais sabendo que meu irmão seria tão herdeiro quanto eu.

Enfim, trata-se da repetição da mesma história da nossa infância, quando Glica Preisner nos dava coisas e depois as retirava. Foi assim com o prometidos estudos na Suíça, que nunca aconteceram, e com as duas pequenas televisões instaladas em nossos quartos que alguns dias depois voltaram à loja. Foi assim com a própria presença dela, que durante o seu divórcio lutou pela nossa guarda, fazendo-nos perder o nosso pai, enquanto pensávamos que ganharíamos uma mãe, mas por fim nos privou dos dois, abandonando-nos e deixando-nos com a nossa avó, até a idade adulta.

Hoje, graças à maledicência e às mentiras de nossa mãe, somos — além do mais — dois párias na família Preisner e estamos queimados com muitos amigos comuns. Embora essa seja a última das nossas preocupações, mesmo que nos esforcemos, usemos a nossa memória e até mesmo a nossa benevolência, ainda não conseguimos saber o porquê.

XIII

Era julho, mês de férias, fomos passar o fim de semana com papai. Sem mulher e filhos, Louis Adams deixara a grande mansão de três andares do bairro de Pinheiros, para ocupar, com seus pais, uma pequena e agradável casa térrea, não longe de lá, perto da Estrada das Boiadas, avenida que hoje tem o nome de Diógenes Ribeiro de Lima. Apesar da angústia que essas visitas obrigatórias nos causavam, sempre tentávamos nos convencer de que não era tão ruim assim ficar naquele estranho e confortável lar decorado à maneira americana do pós-guerra num bairro-jardim, onde todos vizinhos se conheciam.

Enquanto vovó me ensinava a fazer doces, Lauriano aprendia com o avô a mexer no microscópio e recebíamos de nosso pai interessantes noções sobre o cosmo e o microcosmo. Para o futuro professor de linguística na Universidade de Nova York, que havia interrompido a sua carreira durante a guerra, educação era fundamental. Para nossa mãe, nós já percebíamos que, nem tanto...

Todos na família Adams, meus primos também, frequentaram as melhores escolas. Tio Jonathan, irmão do papai, uma espécie de tímido "patinho feio", em alguns anos seria o renomado e "nobelizável" médico e biólogo; tia Rachel, sua irmã, forte personalidade apesar de também feiosa e desajeitada, uma psicanalista de renome. Mesmo a filha dela, minha prima Anna é doutora em química pela Universidade da Califórnia e, depois de trabalhar como cientista pesquisadora, tornou-se advogada pela Escola de Direito da Universidade de Columbia, foi professora titular na Universidade de Nova York, trabalhou na Suprema Corte dos Estados Unidos, escreveu livros e hoje é diretora de uma importante instituição jurídica.

Mas era o belo e carismático Louis quem nossos avós mais amavam e admiravam. E por quem "as mulheres caíam como moscas". Pelo menos foi o que Fayga, minha mãe adotiva, me contou, e o que confirmei recentemente quando fui visitar Iris, viúva suíça de Jonathan, em Basileia, para onde ela voltou depois que o marido morreu.

Foi decepcionante. Senti ainda, da parte dela, muito ressentimento. Seca, sem filhos, metódica, minuciosa como um relógio suíço, eternamente relegada pelo marido, segundo me contou, "em favor da pesquisa criativa que ele fazia", Iris antipatizou comigo à primeira vista. Disse que fisicamente me pareço com meu pai quando ele era jovem "como duas gotas d'água". Os três dias que fiquei lá, passou-os sendo dura e antipática, mesquinha em seu acolhimento, destilando veneno contra papai que falecera vários anos antes de seu marido.

Penso que ela desconfiou que eu estava interessada em sua herança da qual ela não gasta nada, fortuna que Jonathan economizara e soubera aplicar a vida inteira como ninguém. Talvez fosse difícil para ela compreender que o meu único desejo é completar o puzzle da minha vida.

Suportei tudo, tomando notas também para contar a Lauriano. Apesar de desagradável, foi interessante. Além dos fatos que eu não conhecia, ela me colocou em contato com a família paterna. Falei pouco, mas muito cordialmente, com Anna e tia Rachel, de Nova York. Já tinha conversado com tio Jonathan, por telefone, antes de ele morrer. Tive tempo de lhe dizer que guardava ainda as boas lembranças de quando eu era pequena e ele me ofereceu uma jangada de madeira balsa que comprara em uma viagem turística ao norte do Brasil. Além de contente, creio que ficou impressionado com a minha memória.

Penso que nutri mais carinho por ele do que pelos tios maternos, dos quais retenho a memória mesclada de coisas boas com outras bastante ruins. Eles costumavam ser severamente críticos em relação à irmã, e com razão, porém muitas vezes bem que se pareciam com ela. A sua pretensão, arrogância e megalomania eram igualmente incomensuráveis, e a mesma impostura às vezes saltava à vista.

Profissional e sobretudo humanamente, fora-se o tempo das velhas gerações, em que se podia sentir admiração pela família. Se o declínio dos Buddenbrook, *de Thomas Mann deveu-se à uma situação sociopolítica externa, depois da sapiência de nossos ancestrais, audácia e avanço de meus avós e tia Fayga, o declínio dos Kreisler deveu-se exclusivamente aos complexos, às irresoluções, incapacidades, neuroses e outras falhas humanas de seus descendentes.*

Não me admira que Jonathan tivesse sido, além de grande cientista, um exímio pescador, habilidoso e criativo marceneiro e fosse tão amado por seus colegas, amigos e sobrinhos. Seu único defeito foi o que causou a sua morte: fumar.

Iris conhecia com detalhes a biografia de papai, confirmou que ele era de fato o "favorito", que Jonathan, apesar de brilhante e adorável pessoa, tinha sido uma espécie de enjeitado da família, talvez porque não fosse boa-pinta como Louis ou talvez porque não tivesse a sua lábia. Disse que seu marido "falava muito bem de minha mãe" e lamentava o que o seu irmão a havia feito sofrer. É curioso como as imagens podem mudar, segundo o ângulo de vida sob o qual as pessoas se colocam. Rivalidade entre dois irmãos homens é um clássico.

Deixei a Basileia com a confirmação de tudo que Lauriano e eu viríamos a saber, quando — como por magia — encontramos Louis Adams, quase trinta anos depois de ele perder a nossa guarda na Justiça e desaparecer.

Os amigos e conhecidos que a frequentaram ou que a seguem nas redes sociais, falam bem de minha mãe. Não sei se percebem o quanto, e quão obsessivamente, ela se dedica à autopromoção. Alguns a admiram, elogiam. Também não sei se são sinceros ou se, no fundo, não apreciam essa vaidade que salta aos olhos de pessoas mais sensíveis. Ou, talvez, sejam como a amiga deles.

Pelos comentários e congratulações, vê-se que nossa mãe ainda consegue enrolar. Hoje fiquei tão indiferente quanto Terence. Antes, sentia vergonha e frustração pelo fato de não poder admirá-la assim como tenho em alta conta certos artistas, intelectuais e escritores tão idosos quanto ela, às vezes excelentes e nem sempre reconhecidos, apenas por sua discrição e humildade. Pessoas tão maiores e mais evoluídas, quanto mais modéstia e menos necessidade têm de provar alguma coisa, de chamar a atenção, dizendo: "olhe, olhe para mim como sou maravilhoso, como sou culto, talentoso e inteligente!"

Glica quer chamar atenção. Na época em que ainda me incomodava com o espetáculo no qual minha mãe se dá a ver, e pedi à ex-mulher do meu primo, sua amiga íntima, para que parasse de confortar e reforçar aquele egocentrismo, vaidade e narcisismo que ficava cada vez pior e mais comprometedor, ela — que é formada pela Pontifícia Universidade Católica e dá aulas de sabedoria psicológica a seniores em seu canal do YouTube — argumentou:

"Mas Shelly, ela tem uma carência muito grande de reconhecimento, a gente precisa entender. Eu só recebo o que tem de bom, isso acontece em algumas amizades muito especiais."

Eu me perguntava, fora dos presentes que Glica oferecia à essa sua amiga, dos elogios falsos que fazia, uma vez que também falava mal dela pelas costas, e da condição de "modelo de sofisticação e cultura" que podia alcançar para pessoas sem grande inteligência e personalidade, além disso, o que restava "de bom"? Verdade que se Glica a tivesse parido, seria muito diferente. Respondi:

"Já eu, se não fosse minha mãe, jamais a escolheria como amiga."

Tomara todos conseguissem receber apenas o que Glica tem de bom, como a ex-mulher do seu primo. Não é o caso do seu ex-marido, que acha a prima dele absolutamente insuportável. Na última vez em que ele foi visitá-la com a nova mulher, caíram na besteira de dizer que "adoraram o último livro da Shelly". Quando começaram a comentá-lo, entusiasmados, Glica interrompeu-os levantando-se imediatamente para buscar uma caneta e *A Vida no Abismo*, livro cuja edição por uma conhecida editora foi paga por minha mãe, a preço de ouro. Antes que pudessem dizer alguma coisa sobre o livro de sua filha, que não gastara nenhum tostão para publicá-lo na mesma casa de edição, Glica escreveu uma dedicatória no seu. Ofereceu-o, contando que "já contatara um tradutor e pretendia lançar esse seu segundo livro na França".

Na verdade, eram e são cada vez mais raros os que conseguem "só receber o que Glica tem de bom". Em cada casa de repouso que entrava, mamãe fazia exatamente a mesma coisa: maltratava funcionários e proprietários; recusava-se a comer; exigia tratamento especial; não aceitava remédios genéricos, jogava-os no chão, exigia os caríssimos de marca; chamava as enfermeiras a cada dez minutos, reclamava quando demoravam a aparecer; era grosseira com os residentes idosos, não suportava sobretudo os doentes; isolava-se de todos, não conversava com ninguém.

Numa das residências, ameaçou processar o filho que segundo ela a mantinha em "cárcere privado" — como já contei — e chegou a chamar a polícia de Miami que, ao chegar e ver a limpeza, organização e conforto do local, e o cuidado com que estava sendo tratada, recusou-se a fazer uma ocorrência. O proprietário, cubano simpático que a havia recebido de braços abertos e até mesmo levado para passear na Villa Vizcaya, a incrível propriedade kitsch em estilo renascentista italiano, avisou meu irmão que dava uma semana para ela ir embora e que, depois, "nunca mais queria vê-la na sua frente".

Não foi a primeira pessoa que pronunciou essa frase. O livro número um de minha mãe, inteiramente reescrito e publicado pelo gentil e paciente editor Tadao Ido, em São Paulo, ela também fez questão que fosse publicado na França. Graças a mim e minhas relações, conseguiu. Porém, cuidou muito bem de esconder o fato. Dizia que "fora descoberta pela editora francesa, que lhe implorara os direitos de publicação".

A tradutora que lhe apresentei — por meio da qual minha mãe alcançou o seu intento, uma vez que Dominique Le Lann conhecia e era respeitada por todos os editores — me escreveu, na ocasião em que minha mãe tentava emplacar o segundo livro:

"Fiquei profundamente chocada que Glica Preisner publicou por conta própria *A Vida no Abismo*, em francês, no formato e-book, para o qual eu tinha traduzido apenas a metade. Ela me pagou esse trabalho e depois mandou outra pessoa terminar a tradução, corrigindo, cortando e deformando tudo que escrevi. Teve o atrevimento de usar o meu nome na publicação, sem me avisar, sem me enviar as modificações e sem pedir a minha permissão, uma vez que a minha tradução, além de irreconhecível, tinha sido acrescida de outra, feita por alguém que nem é francês."

E Dominique terminou a sua mensagem, dizendo que isso a lembrou de outro triste episódio:

"Teve aquele primeiro livro de sua mãe que conseguimos, com grande dificuldade, você se lembra, publicar na França. Dei à editora apenas uma parte da tradução, que a agradou. Só entreguei o resto, quando foi finalizada. E, então, ela me disse: 'Mas este não é o livro que eu comecei a ler! Não quero mais publicar.' Depois de várias intervenções de sua mãe, de você mesma e minhas, ela acabou editando, mas de má vontade. E me disse: 'nunca mais quero ver Glica Preisner na minha frente'.

Alguns anos depois, fui vê-la no Salão do Livro para apresentar *A Vida no Abismo*. Ela respondeu: 'Já lhe disse que não quero ouvir falar de Glica Preisner. Me arrependo de ter publicado aquele primeiro livro dela.' Apresentei o volume a outras editoras que responderam negativamente ou nada (L'Olivier, Des Femmes, Alphée, Le Rocher ...).

Eu tinha esquecido tudo isso até ver essa publicação. Acho que você pode entender a minha raiva. Hoje, mesmo sabendo que você não tem culpa de nada, sinto vontade até mesmo de me afastar de quem me apresentou à Glica Preisner. Eu também nunca mais quero ver a sua mãe na minha frente!"

XIV

No tempo em que não estávamos na escola, brincávamos de índio numa cabana que ficava montada no jardim daquela casa térrea, perto da Estrada das Boiadas. E, à noite, nas vezes em que papai permitia que fôssemos cedo para a cama, líamos com voracidade o amontoado de gibis que eram restritos na casa materna. Mutt & Jeff, Popeye, Sobrinhos do Capitão, Tarzan, Fantasma, Capitão América, Zorro e Tonto, Super-Homem, Homem Bala, Capitão Marvel, Tocha Humana, Flash Gordon, entre muitos outros igualmente deliciosos, além de todos os medonhos quadrinhos de terror que caíssem em nossas mãos.

Com frequência, nossos avós iam dormir e papai, fumando um dos cachimbos de sua coleção, nos retinha no sofá de lã quadriculada, para contar suas histórias de guerra. Lauriano encostava a cabeça no meu ombro, os nossos olhos fechavam-se de sono, mas nenhum de nós ousava interrompê-lo. Não raro, ele nos arrastava até a janela e fazia-nos ficar agachados para que "os atiradores não nos pudessem ver". Até hoje tenho terríveis pesadelos recorrentes com janelas...

Era nesse momento que nosso pai ia buscar o revólver e contava que "estava sendo perseguido pelos capangas de Isaac Kreisler, nosso avô". Mesmo a uma criança era impossível persuadir que uma pessoa — ainda que fosse severa como vovô — conhecido mecenas, colecionador de objetos maravilhosos, honesto e íntegro homem de negócios, alguém que provavelmente nem sequer conhecia o significado da palavra "capanga", pudesse pensar em algo semelhante. Não bastava ouvir as mentiras e falta de palavra da nossa mãe, tínhamos que suportar igualmente as fabulações neuróticas do papai.

Eis algo que, para mim, sempre constituiu um enigma: por que a palavra "capanga" era usada por um americano culto como Louis Adams, formado em letras, especialista em August Strindberg e comunista são e salvo da cruzada macarthista, na época em que o comunismo ainda era uma ideia possível? Como essa palavra tinha entrado no vocabulário de um apreciador da geração beat, *alguém que apoiou a Casa do Povo, participou da criação do Teatro Brasileiro de Comédia, publicou artigos nos mais diversos jornais paulistas e detinha talvez uma das bibliotecas mais extraordinárias do Brasil sobre a literatura americana do pré e pós-guerra? Por que aquela figura, misto de Orson Welles, Bonaparte e Marlon Brando, que fumava cachimbo e possuía uma coleção notável deles exposta sobre o baú com os restos do material bélico apreendido dos alemães (bem debaixo do quadro no qual se fez pintar por cima do general nazi), por que razão aquele homem usava uma expressão que nunca ouviu nem no exército do país dele?*

Capanga, cabra, cabra-de-peia, cacundeiro, curimbaba, espoleta, guarda-costas, jagunço, mumbava, peito-largo, pistoleiro, quatro-paus, satélite, sombra. Essas são as palavras que papai devia ouvir quando desaparecia dos olhos de minha mãe e passava semanas sem fim em suas fazendas de café no Mato-Grosso.
Sim, é compreensível que a palavra "capanga" fosse usada por meu pai. Só não é justificável que eu e meu irmão tenhamos sofrido tanto e que, ainda crianças, tivéssemos que depor como testemunhas em um Tribunal de Justiça.

Glica costuma chamar os residenciais de seniores da mesma maneira ultrapassada como algumas pessoas antiquadas chamam ainda os hospitais psiquiátricos de "hospícios". Após as experiências malogradas nos, segundo ela, "asilos de velhos" até achar outro apartamento em Miami que pudéssemos pagar, Terence propôs colocá-la em um hotel e, em vez de agradecer, ela respondeu:

"Não vá me colocar num hotel ruim."

Claro, ela é o centro do mundo. "Sinto muito, senhor Newton, o centro de gravitação universal é minha mãe", dizia um anônimo. No caso da mãe dele, não sei. No caso da nossa, a perspectiva não é do universo, mas exclusivamente dela em relação a ela própria. Para nós, hoje, mamãe encontra-se bem extrínseca ao campo gravitacional.

Ficou uma semana em um belíssimo hotel com piscina e jardim, junto com uma cuidadora. Nada lhe faltava. Ali, trancou-se no quarto fechando as cortinas, recusou-se a tomar banho, novamente pediu socorro por e-mail e telefone, avisou a todos que estava "numa prisão, sem comida".

Me parece que, depois de tudo, Glica transformou-se um pouco no menino da fábula *O Pastor Mentiroso e o Lobo*, de Esopo. No final, penso que ninguém mais dava muita importância aos seus chamados que, no fim, tornavam-se verdadeiros assédios. O advogado, que é uma pessoa paciente e prestativa — a quem ela nunca soube agradecer e telefonara dezenove vezes certa feita, sem o menor respeito, inclusive de madrugada — olhou o *site* do Hotel por Internet e, apesar da consideração que nutre por pessoas idosas, decidiu não responder mais.

Terence e Franca, a quem ela também ligara, daquela vez aos gritos com a simpática diarista porto-riquenha deles, foram os únicos a atender ao seu pedido de ajuda. Pegaram um avião e foram vê-la às pressas. Tiveram direito a um escândalo no *hall*, no final do qual ela caiu, quase que novamente fraturando algum osso.

A performance foi patética e eles não tiveram tempo de achar o apartamento. Mamãe acabou voltando a Nova York e ficou a acumular dívidas, até que meu irmão e cunhada finalmente encontraram o condomínio, negociaram o contrato e ajudaram mais uma vez na mudança para este confortável lugar onde ela se encontra até hoje.

Mais do que isso, providenciaram a compra e a instalação de cortinas e ar condicionado, cuidaram da descupinização dele, enquanto ela ficava em outro hotel, contrataram e pagaram um advogado para exigir que o proprietário descontasse essas despesas do aluguel, pagaram as contas de nossa mãe e administraram as suas finanças mensalmente, suprindo quase todas as suas despesas com o dinheiro da aposentadoria de meu irmão.

O apartamento, num prédio com lindo jardim, todos que a visitam acham simpático, limpo e agradável, porém ela o detesta porque não fica em Manhattan e sim na baía Biscayne que, mesmo sem mais poder ter escolha, e como se fosse uma rainha dos tempos imperiais, acha "cafona e miserável", cheia de "bugres".

Nossa mãe odeia a pobreza e a feiura exterior. Sente nojo dos mendigos e dos velhos, repulsão pelos deficientes físicos e mentais, além de não confiar nos jovens e desprezar os homossexuais. No seu "bairro caipira", diz — apesar de não ter mais do que um punhado de dólares no banco — que "nem mesmo a cabeleireira sabe fazer um corte sofisticado".

Glica dá grande valor à própria intuição e tem opiniões peremptórias sobre todas as coisas nas quais se julga uma autoridade. Nunca vi minha mãe usar as expressões "eu acho" ou "na minha opinião", antes de emitir algum parecer. Quando ela considera um bairro "caipira" é sempre da mesma forma categórica e superior, como julga um filme, um livro ou um ser humano. Não existem perspectivas intermediárias: é bom ou é ruim e não em seu "humilde ponto de vista" como todos nós mortais, mas sempre do alto de sua presunção, como a imortal aristocrática que imagina ser.

Assim, queixa-se também de ver imóveis modestos coexistindo com prédios de luxo, coisa que julga "abominável", sem saber o que isso significa. Gentrificação não é algo que conheça ou possa ser entendida dentro da "bolha" em que se cerrou como proteção contra o mundo, esse planeta ameaçador da realidade em oposição ao qual ela também precisa da mentira e impostura para reinventar.

XV

Tanto quanto em todas as sextas-feiras alternadas, papai cumpriu o seu direito de nos buscar. Estávamos de férias, faltava pouco menos de um mês para o Natal, mas, como o que ficou combinado era voltarmos no domingo, levamos poucas roupas.

Na minha cabeça, o programa já estava feito. No sábado, depois de brincar de índio, certamente iríamos à lanchonete Bon Voyage. *Formava uma espécie de nave espacial à beira de uma estrada na zona oeste de São Paulo, decorada ao estilo dos anos 1960 e parecia ter saído de uma tela de Edward Hopper. Lá pediríamos* Banana Split *ou* Ice-cream *soda.*

Se não, com certeza iríamos ao cine Paulista *e depois, ao lado, à outra lanchonete que adorávamos, para comer cachorro-quente e batatas chips numa embalagem listrada de papelão.*

Não foi o que aconteceu. Papai resolveu nos levar à Sears, *provavelmente a loja que mais se parecia na época com os* department store *americanos, onde fomos abastecidos de um guarda-roupa completo de verão e apetrechos de praia. Não sei se achei estranho ou agradável o contato com o tecido de algodão e estampa madras das saias e blusas coloridas que ele escolheu. Estava inquieta e lembro daquele cheiro de goma até hoje. Mas como Lauriano parecia contente, isso me deixava mais sossegada.*

Na volta, talvez porque pressenti que algo estava fora dos eixos, pedi para telefonar à mamãe. Junto com o diagnóstico dos médicos que 35 anos depois entregaram-me o meu filho em coma (do qual miraculosamente ele se salvou), penso que a resposta de meus avós foi a pior que ouvi em minha vida: daquele dia em diante eu não poderia mais me comunicar com ninguém. Partiríamos para longe.

Assustados e chorosos, presenciamos a movimentação. A minha preocupação maior era com mamãe. Temia que ela ficasse desesperada. Papai e meus avós prepararam as malas e objetos que, assim como nós, foram enfiados no carro. Ficamos incomunicáveis durante 21 dias sendo que apenas no penúltimo tomei conhecimento de que sairíamos cedo do nosso cativeiro para ir diretamente depor no Tribunal de Justiça.

Todo o estresse e o pesadelo dos escândalos, das intimidações, paranoias, acusações e mudanças de Glica caíram diretamente sobre meu irmão e cunhada que, como moram no mesmo país que ela, acabaram com o "abacaxi", indo e voltando de São Francisco várias vezes, gastando o que podiam e não podiam em dinheiro, tempo e energia. Os dois ficaram doentes alguns meses depois. Franca, que eu considero um pouco como minha irmã, com gastrite e fibromialgia, e Terence, com gota, diverticulite e vertigens que fizeram com que fosse parar no hospital — só eu sei por quê.

Na última vez em que ele telefonou gentilmente para saber como a mãe estava, esqueceu que era um *weekend*. Não lembrou que há muitos decênios esses são os dois dias de tédio e angústia nos quais a nossa mãe — que, por preguiça e desinteresse não vai a museus, cinemas e concertos, nunca conheceu as delícias do descanso depois do trabalho, sofre em ver as lojas fechadas e tem que engolir a folga das empregadas — torna-se um lobisomem. Assim, depois de ela usar de sua usual agressividade passiva, falar num tom de voz horripilante e antes que desligasse o telefone na cara dele, como de hábito, Terence conseguiu explodir e emplacar uma frase, penso que pela primeira vez na vida dele:

"O que eu não posso, e não vou, fazer por você, é alimentar o seu egocentrismo, está ouvindo? Não vou mimá-la sem limites como teu pai fez, aguentar em silêncio teu mau humor e teus maus tratos como o teu marido aguentou! Alô?"

O aperto caiu direta e indiretamente em mim também, que contribuí como pude, passei noites sem dormir, perdi horas a fio escrevendo e-mails, telefonando, fazendo transações bancárias e reuniões com o advogado. Isso sem falar nas horas de discussão por WhatsApp e telefone com eles e alguns membros da família que ainda conversam conosco, e com sua enteada Clara que, como já contei, generosamente juntara-se a nós para ajudar.

É verdade que nossa mãe também fora pródiga com o pai dela quando ele esteve doente, uma das razões que a levaram à bancarrota. Mas, mesmo assim, se não fosse por sua boa índole, afeição e empatia, Clara poderia não ter se sentido obrigada.

Hoje, vivemos sob espada de Dâmocles, em relativa serenidade porque não raro interrompida pelos acessos, ameaças de suicídio e reclamações de nossa mimada mãe que continua a querer chamar a atenção a todo custo, sobretudo quando toma algumas doses a mais do seu *scotch* com água gasosa importada da França, que ela encomenda no eBay e que, em Miami, custa mais que o uísque.

Nessas ocasiões, Glica envia mensagens incompreensíveis e ressentidas em caixa alta, por e-mail ou WhatsApp, faz compras aberrantes pela Internet, como o termômetro de 55 dólares que na farmácia custa 5, ou marca consulta com médicos particulares caríssimos que o seu seguro saúde não cobre. Vai ao cabeleireiro todas as semanas, só aceita fazer exames em laboratórios privados, onde é recebida com distinção e não precisa dividir o espaço com os "bugres". Na última vez em que precisou de um dentista, escolheu o mais caro e, com o seu orgulho peculiar, em lugar de ligar a Terence para perguntar se ele poderia arcar com mais uma enorme despesa, fez o profissional telefonar à enteada Clara que, sempre generosa, dispôs-se a pagar a metade. No dia em que tia Alva, psicóloga, ex-mulher de meu tio, que ainda chamamos de "tia", também depositou o necessário para que Glica consultasse um neurologista, por causa das "tonturas", nossa mãe usou o dinheiro para ir ao cabeleireiro, pela quinta vez no mesmo mês. Há alguns dias, Olga lhe disse que ela deveria escolher entre comprar comida e fazer o cabelo. Glica exigiu que a empregada a levasse ao salão. No final, com a maior tranquilidade, disse à cabeleireira que estava sem dinheiro e saiu sem pagar.

Geralmente, falta dinheiro para alguma leviandade. Neste caso, ela envia missiva ao meu irmão: "te amo, sempre te amei." Ele se recusa, ela ameaça: "se não me der dinheiro, vou processá-lo."

Paciente, apesar de tudo, meu irmão passou horas em pesquisa e, finalmente, encontrou um médico respeitado e convencionado que talvez conseguisse curá-la de suas tonturas. Ela marcou hora e, em vez de ir com a Olga, como sempre preferiu incomodar algum familiar para que a acompanhasse. Assim que colocou os pés em casa ligou ao filho:

"Fui ao 'seu' médico. Só estou te ligando para você saber que ele é uma merda."

"E ele te deu algum remédio?"

"Deu. Comprei tudo. Mas não vou tomar."

A mais recente reclamação veio pelo e-mail no qual Glica copiou toda a família:

"Estou completamente fora do ar. SHELLY NÃO FALA COMIGO. O TERENCE NÃO FALA COMIGO. O ADVOGADO NÃO FALA COMIGO. PARA ELES PROVAVELMENTE JÁ NÃO ESTOU MAIS AQUI."

A resposta de Terence não tardou:

"Você também não fala comigo. Não sei de onde vem essa ideia estupida de que os filhos é que têm que ligar para os pais, e não o contrário. Você nunca me liga. Não me importa, pois nunca é agradável falar com você.

É pura negatividade. Se as pessoas acham que você não está mais aqui é porque você as ignorou. Você mesma construiu a solidão na qual está vivendo agora, por não respeitar e valorizar os outros. Para você, os outros só existem para te servir. Em vez de ficar reclamando em letras maiúsculas, dê graças a Deus que ainda estamos te ajudando apesar de tudo. A Franca, a Shelly e a Clara têm problemas maiores do que os seus e mesmo assim te ajudam. Você não tem problema nenhum, na verdade. Dores nas pernas? Quem não tem? Velhice? Acontece para todos. Quando é que você vai deixar de ser a criança estragada que teus pais te fizeram e você nunca soube superar?"

Franca, eternamente maltratada pela sogra, continua, apesar de tudo, magnânima. Visita-a quando pode, faz a pedagogia dos gastos e controla a contabilidade para que Glica possa ter uma vida calma, sem supérfluos e sem que lhe falte o que é essencial. A aconselha sempre a se exercitar, marchar com a Olga no jardim do prédio, para fortalecer os músculos.

Por preguiça, comodismo, desinteresse ou porque não quer encontrar os "bugres", Glica não sai e não se mexe. Com o seu andador e a ajuda da Olga, vai do sofá ao banheiro, do banheiro à cadeira do computador, da cadeira do computador à cama e da cama à cadeira da sala de jantar. Na vez que a empregada se ausentou para ir à farmácia, tentou levantar-se sozinha e caiu. Acorreu um parente e, mesmo que ela não aceitasse os hospitais e médicos do seu convênio, este a convenceu e a levou.

Franca telefonou para saber como estava a sogra:

"Oi Glica! Soube que você foi super bem tratada, que as enfermeiras e médicos foram adoráveis!"

"Foram."

"E soube também que você não quebrou nada, teve só uma pequena luxação. Que bom! Quando eu for aí, te levo uma botinha para firmar o pé."

"Como assim? Quem te disse que eu não quebrei nada?", perguntou num tom de voz decepcionado.

"A Clara me disse. Ela ligou do Brasil, você estava dormindo e ela perguntou pra Olga."

"Hã, hum... " Glica fez um longo silêncio, e resmungou:

"Mas podia ter quebrado, não?"

A minha cunhada, por sua educação, possui a consciência cristã da compaixão. E sua mãe — assim como a dona Inês, mãe de minha amiga Sylvie — mesmo cega e quase centenária, se apega à vida com humor e às vezes até mesmo, apesar de tudo, com alegria. Ao contrário de Glica, elas têm a companhia da fé.

Ao invés de agradecer aos Céus todos os dias por não estar num hospital, ter conforto e não lhe faltar nada como a milhões de pessoas em situações terríveis, Glica lamenta-se, expressa mágoa, sentimento de perda, desprazer. Diante da miséria do mundo e de outros idosos, porque não tem a vida luxuosa que gostaria, o seu queixume é de tudo e de todos, como se fosse uma vítima sujeita a opressão, arbitrariedades, maus-tratos.

No entanto, para nossa mãe saber que é uma privilegiada seria preciso que ela, como a dona Inês e a mãe de Franca, se colocasse fora de si, e enxergasse a vida do ponto de vista do Divino, o que para egocêntricos e narcisistas é inatingível. Como não possuem altura, não podem ver nem acreditar em nada que esteja fora deles próprios. São incapazes de medir, relativizar e refletir sobre a própria vida, à qual aderem, perdendo todas as perspectivas.

É por isso que Glica não merece crédito quando diz acreditar em Deus e acende umas velinhas. Religiosidade não é terreno da superstição, de teatro e rituais vazios. É espaço da fé. Como é que alguém pode ter fé e compreender o "Aberto"[5], se enxerga o universo apenas a partir de si mesmo?

XVI

Penso que na época em que meus pais se separaram e a minha avó materna já tinha falecido, deixando uma bela obra artística para a posteridade, ainda não havia divórcio. As expressões que eu mais ouvia eram "desquite amigável" e "desquite litigioso", sendo esta última a mais frequente. "Juiz", "advogado", "testemunha", "petição", "audiência" também eram as palavras mais repetidas nas conversas familiares. Vovô Isaac e tia Fayga de um lado, papai e meus avós paternos de outro, todos pareciam organizar uma grande ação militar onde iriam, finalmente, se enfrentar. Nós e mamãe, esperávamos.

Tive conhecimento de que haveriam audiências decisivas com relação ao nosso destino, o de Lauriano e o meu. Dependendo delas, saberíamos

[5] Rainer Maria Rilke, *Elegias de Duíno*, Oitava Elegia (trad.: Dora Ferreira da Silva): "Com todos os seus olhos, a criatura vê o Aberto [...] O animal espontâneo ultrapassou seu fim; diante de si tem apenas Deus e quando se move é para a eternidade, como correm as fontes. Ignoramos o que é contemplar um dia, somente um dia o espaço puro, onde, sem cessar, as flores desabrocham. Sempre o mundo, jamais o em-parte-alguma, sem nada: o puro, o inesperado que se respira, que se sabe infinito, sem a avidez do desejo.[...] Há no entanto esses olhos calmos que o animal levanta, atravessando-nos com seu mudo olhar. A isto se chama destino: estar em face do mundo, eternamente em face."

com qual dos exércitos inimigos iríamos ficar. Testemunhas eram arroladas dos dois lados. Da parte de minha mãe, estavam escritores, artistas, intelectuais. Do grupo do meu pai, faziam parte pessoas que viviam o nosso dia a dia mas que "certamente estavam sendo compradas" como eu escutava dizer: a governanta Ulla, as empregadas, os dois israelenses que trabalhavam na fazenda de Mato Grosso e outros mais. Nunca entendi a maior parte das acusações e também não compreendi porque a mentira era pecado para crianças, uma vez que os adultos não faziam outra coisa.

Louis Adams, no entanto, havia decidido secretamente com um famoso desembargador, seu advogado, que as mais importantes testemunhas seríamos nós, Lauriano e eu. Assim, em vez de nos proteger dos problemas da vida adulta nos expôs diretamente a eles. Até hoje não sei se ele nos usou como escudos. Penso que não. Quando lembro o que ele dizia, a minha tendência é pensar que — pesando os prós e os contras — papai resolveu nos sacrificar "pelo nosso próprio bem" e que esta seria a única forma, segundo ele, de "nos salvar". Forma errada, evidentemente. À força de influência e chantagem emocional, empenhou-se em nos treinar às escondidas, sem que nós mesmos percebêssemos, para um depoimento na Justiça. Gradualmente, o nosso futuro passou a depender apenas de nós. Contra quem testemunhássemos, era com o favorecido que iríamos ficar. Deve ser por isso que ficamos adultos antes do tempo.

O encontro com Terence foi, como sempre, muito caloroso. Ele parecia contente e aliviado em me ver. Quando nos abraçamos fez uma das suas piadas de sempre, estouramos de rir.

Diferentemente de nossa mãe, adoro a jocosidade dele. Desde pequeno possui a comicidade que encontramos no clássico humor judaico. Ela fica muito irritada, sobretudo com as suas blagues macabras à mesa, mesmo se todos, inclusive nossos filhos, torcem-se de dar risadas. Glica ri em outras situações, porém não sabe fazer rir. Enquanto gargalhávamos discreta e respeitosamente, ela não achou muita graça quando Terence, em uma de suas pinturas trágicas, oníricas e sombrias, descobriu a figura de Snoopy.

O humor que Terence e eu temos de sobra, nossa mãe nunca teve. Penso que Glica não tem capacidade de distanciamento de situações ou manifestações de desespero, das quais também pode-se, às vezes deve-se, fazer piada. Da mesma maneira como ocorre com a sua falta de fé e incompreensão do Aberto, também aqui a dificuldade de encarar a realidade à distância é tão grande que nossa mãe gruda nela, justamente para não vê-la.

No *flat*, meu irmão me havia deixado o quarto com vista, ficando com aquele dos fundos do qual não gosto. Tomei um chuveiro rápido e fui encontrá-lo no *hall*:

"Vamos?"

O trajeto foi rápido. Descemos do Uber, passamos pelo jardim de entrada e entramos em um dos grandes elevadores, assegurando-nos que era mesmo aquele que nos levaria à terceira torre do condomínio. Uma vez, por engano, ao tocar a campainha fomos atendidos por um senhor que devia sofrer de Alzheimer. Parecia muito feliz em nos ver, insistiu que entrássemos e nos chamou pelo nome dos seus filhos. Gostamos dele, até que apreciaríamos ter um pai, ficamos tristes e embaraçados em ter que frustrá-lo.

Desta vez não precisamos tocar a sineta ou usar a nossa chave, a porta estava entreaberta. Paramos no *hall* e espreitamos. Mamãe ainda não estava na sala, no escritório tampouco. Tudo parecia exatamente como havíamos deixado há um ano. Até a orquídea tinha a mesma cor e se encontrava no mesmo cachepô sobre a mesinha baixa lustrada, em frente ao sofá. Os poucos quadros, tapetes e objetos de arte que restavam, nada havia mudado de lugar, nem mesmo um centímetro.

Minúscula parte dos livros que ela possuíra sobejamente continuava espalhada por todo lado. Literatura, arte, filosofia, psicanálise, pequenas pilhas deles em cima das mesas, em forma de pirâmide, os maiores embaixo e os pequenos meticulosamente arrumados no alto, com as lombadas na posição certinha, os títulos bem à vista. Não se via marcador de página ou post-it amarelo em nenhum.

Na fase milionária, a biblioteca transbordava de volumes bem arranjados pela tal secretária-bibliotecária e limpos, um a um, pela faxineira. Já na fase burguesa desbastada, começando a se aproximar da classe média, Glica vendera uma boa porção. Vendera também, sem me consultar, todos os meus livros que eu havia pedido para ela guardar. No dia em que os procurei, não sobrava mais nenhum.

Agora, na pobreza, e com dificuldade para ler, deixara apenas estas pilhas à guisa de decoração, mas gabava-se de possuir várias centenas no Kindle e em outros *tablets* que coleciona. Meu irmão contou-me que, num deles, nunca vira reunidos tantos livros de autoajuda, alguns muito adequados a uma senhora de 92 anos, como *As Oito Chaves do*

Sucesso, Seja Feliz para Viver Melhor e Ficar Rico, Aponte os Culpados de Sua Tragédia, Como Poupar sem Abrir Mão dos seus Desejos, As Sete Regras para Ser Eficiente, Menos Preocupações e Mais Despreocupações, Uma Dose Diária de Calma é Melhor do que Raiva, O Poder da Força e a Coragem de Ser Imperfeito...

Mesmo sem recursos, Glica continua a encomendar e-books na Amazon e a adquirir com a Olga, às escondidas e à prestação, esses computadores portáteis de telinha tátil na loja mais cara do shopping center "cafona" de Miami onde as duas adoram olhar as vitrinas e sentar juntas para um café. Não falta assunto entre elas.

Nossa mãe manipula as empregadas como se fosse um Professor Higgins com as suas Elizas Doolittle[6]. Em vez de treiná-las para falarem corretamente "the rain in Spain stays mainly in the plain", faz com que tirem o turbante feito de camiseta e o sapatos Croc's quando a acompanham aos eventos sociais, ensinando-as a se vestirem com gosto. Não raro compra roupas e bijuterias para elas. Promete lhes deixar móveis, carro e objetos, quando não estiver mais neste mundo. Nas mãos de Glica, qualquer empregada muda de estilo em poucos dias e pode conhecer pessoalmente uma ou outra pessoa famosa que só vê em revistas e na televisão.

Além disso, mamãe sempre faz dos empregados, seus confidentes. Conta a eles as suas histórias mais íntimas mas, sobretudo, queixa-se e fala horrores dos filhos. O que de certa forma é parte de sua estratégia de sedução, espécie de perversidade que leva as criaturas mais simplórias a acreditarem numa relação privilegiada com a "soberana", a qual

---

[6] Na peça teatral *Pigmalião*, de George Bernard Shaw.

dificilmente estariam dispostas a perder. Mesmo quando a patroa grita, as insulta e trata mal.

XVII

No tempo em que se é criança, ficar quase um mês sem saber exatamente onde e proibida de se comunicar com a mãe é coisa para não esquecer jamais.

Descemos a serra enevoada, a caminho do mar, em silêncio. De tempos em tempos, Lauriano lançava-me um olhar inseguro no qual eu percebia duas interrogações simultâneas. Ao mesmo tempo que queria saber o que acontecia conosco, também me perscrutava com os olhos para adivinhar o que eu sentia. É possível que, apenas fitando-o, eu o tenha acalmado pois ele não chorava mais. E eu podia, então, deixar os meus pensamentos divagarem.

A neblina sempre me dava medo. Aliás, pensando bem, desde bebê, eram raras as coisas que não me assustavam. Aos dez anos, aquela névoa densa nos despenhadeiros, era exatamente assim que eu imaginava a morte... ou mesmo a dimensão antes da vida quando eu ainda não tinha sido salva pelo médico colombiano.

A serra finda, já nos aproximávamos do mar. Estava escuro e Lauriano dormia. Pensei que iríamos à casa de Jane Austin, a loira arquiteta americana, mal casada. Esta possuía uma casa de verão não longe de Ilhabela, onde, uma vez, enquanto o marido dela viajava, meus pais passaram o fim de semana e voltaram estremecidos. Como já era costume, papai, depois de passear com Jane na praia, sumiu com a anfitriã deixando a minha mãe, novamente, a ver navios. O carro parou, tentei descobrir onde estávamos. Não, não se parecia com a casa de Jane Austin.

Era quase um barraco. Uma casa de madeira tosca que cheirava a mofo de beira-mar. Um bolor diferente dos outros, mesmo daquele do Edifício Caiçara da minha primeira infância, no Guarujá. O Caiçara, onde eu tinha um berço de madeira escura no qual sempre chorava sem ser atendida, ficava mais afastado da praia, perto da peixaria. Nem a sala de pingue-pongue, o elevador e a repugnante rede de pescador salpicada de conchas e estrelas do mar, que enfeitava o hall, *cheiravam assim.*

Em pouco tempo vi-me, com o conjunto engomado de algodão barato comprado na Sears, diante de uma beliche, num cubículo quente e abafado que eles chamavam de quarto. Lauriano escolheu a cama de cima o que, para ele, era novidade. Eu sentei na de baixo e respirei fundo para não sufocar. Exceto o terraço, um largo deque com tábuas paralelas, cada cômodo daquela habitação não merecia o nome que tinha. A sala era um espaço rude e desconfortável, com poucos móveis. A cozinha, lugar improvisado, onde um engenho elétrico com duas bocas servia de fogão e, nas prateleiras, filas de formigas desfilavam entre restos de mantimentos. No chuveiro, mal podíamos levantar os braços para lavar os cabelos, mas do deque, felizmente, podíamos ver o mar.

É possível que fosse o exemplar deteriorado de uma daquelas casas pré-fabricadas que os americanos adoravam. É possível também que tivesse sido emprestada por algum dos empregados, testemunha de meu pai. Naquela época, algumas empresas que faziam a logística para as grandes empreiteiras, construíam moradias provisórias em canteiros de obras. Com isso, criaram também um novo mercado de residências de veraneio feitas de madeira. Lembro de ter ouvido falar em "engenheiros, empreiteiros, ajudantes de obra".

O fato é que lá ninguém nos encontraria. Não me recordo exatamente do nosso cotidiano durante as três semanas que ficamos retidos como reféns de papai e dos pais dele. Apenas três coisas me marcaram: a arma, os falatórios e a minha preocupação com mamãe. Tinha certeza de que ela pensava que estávamos mortos e o meu maior desejo, mesmo se não pudéssemos vê-la, era tranquilizá-la. Afinal, quando minha mãe tomou a decisão de deixar meu pai, foi sob o conselho de alguém que lhe assegurou que corríamos perigo. No mesmo dia em que saímos da casa de Pinheiros, ele ameaçou por telefone: "Podem me esperar. Virei esta noite. Não sobrará ninguém".

Louis Adams não veio, é claro. Porém, entre a palavra e a ação, é melhor não subestimar a primeira em relação à segunda. Daí a tradição judaica que confere tanto peso ao que se diz. Tanto no ato quanto no verbo, sobretudo quando há violência, mesmo se os resultados não são iguais, a carga e a intenção são idênticas.

Além de fritar o peixe, a cozinha servia também para discursos aliciadores e a limpeza da arma de fogo. Recordo de cada minuto em que ele desmontava e remontava o revólver sobre a mesa de fórmica enquanto nos preparava para depor. Afinal de contas, esse preparo era a única razão pela qual permanecíamos incomunicáveis naquele cativeiro.

Tenho as reminiscências tanto da dissuasão pelo medo, quanto da sedução pelas promessas de um futuro brilhante para nós. Iríamos para Nova York, "onde a nossa carreira estaria garantida". Teríamos altos estudos, "nada mais a ver com a vida num país subdesenvolvido e com a sociedade rica e burguesa de meus avós".

A proposta não era ruim. Os métodos, absurdos. Mesmo se explicados por uma neurose de guerra. Deve ser por essa razão que eu, não tendo vivido a Segunda Grande Guerra, sinto sempre tão próximas as imagens do Vietnã, do Iraque, hoje da Ucrânia, e de seus sobreviventes. De certa forma, eles e a família deles me dizem respeito. Quando um país envia os seus filhos ao front, *são também os netos que ele está atingindo.*

Na última noite fomos avisados de que na manhã seguinte partiríamos cedo para São Paulo. Veríamos minha mãe, sim. Segundo papai, "apenas de relance e depois de testemunhar contra ela", no Palácio da Justiça, ao lado da Praça da Sé.

Terence colocou o saco de plástico com os chocolates comprados no aeroporto, e a encomenda de vitaminas e remédios que Glica invariavelmente faz, sobre uma das pilhas de livros. Procuramos, como sempre, algum lugar menos ruim para sentar. Os únicos móveis mais confortáveis, continuavam reservados à dona. Neste apartamento não havia mais lugar para nos receber, mas naquele da rua 51, não tínhamos direito ao *water closet* principal, apenas à toalete das visitas e ao banheiro de hóspedes, com as toalhas que haviam pertencido ao nosso padrasto, jamais as bordadas que ela herdara da vovó.

Isso, quando mamãe não oferecia o quarto de empregada para Terence passar a noite porque o quarto de hóspedes estava ocupado pela Olga. Em uma ocasião ele dormiu ali três dias seguidos e, no seguinte, foi obrigado a se mudar para o *flat* porque Glica recebia amigos. Uma colega da Olga viria para ajudá-la a servir e mamãe lhe disse que precisaria do quarto.

Muitos filhos têm o regressivo prazer de voltar de tempos em tempos à casa dos pais. Se eu tivesse tido a sorte que teve a nossa mãe, e minha casa possuísse tamanho e condições de receber os meus filhos, garanto que estaria aberta incondicionalmente, 24 horas por dia sete dias por semana, com muito amor em cada minuto, assim como a casa de Terence está para os filhos dele.

A partir do dia em que meu irmão foi recebido desse modo, decidimos de uma vez por todas, Franca também, que apenas passaríamos o mais rapidamente possível por lá. Para um almoço, no máximo.

E, mesmo assim, na última vez em que ele veio almoçar, ela não saiu de frente da televisão. Depois, mandou vir a manicure, como se o filho não existisse. E, no momento em que a Olga serviu o almoço, mamãe continuou no sofá, deixando-o comer sozinho. Quando Terence a chamou, ela respondeu:

"Eu não como."

De fato, nossa mãe passa o seu tempo vendo programas de cozinha e procurando receitas pela Internet, porém, o seu interesse por comida é apenas mental. Penso que, no fundo, não come porque não gosta. Às refeições, deixa praticamente tudo no prato.

Além disso, acredito que sofre de estranhas e hereditárias fobias. Hoje, tanto quanto meus falecidos bisavó, avó e tio, mamãe também tem medo de frutos do mar e coisas que nunca experimentou ou provou e diz que lhe fizeram mal em viagens, como enguias e cogumelos selvagens. Igual a seus parentes, não gosta de engolir. Leva um simples pedaço de melancia ou legume à boca e, achando que será indigesto, cospe-o no garfo que logo leva ao prato. Prefere frutas e legumes batidos no liquidificador, não por falta de dentes, mas penso que por preguiça de mastigar.

Até mesmo o médico já lhe disse que o corpo pede alimentos sólidos e algumas especiarias para se conservar saudável. Mas Glica também não suporta nenhuma pimenta, nem pimenta do reino. Diz que é "por causa do estômago", sendo que vivi anos com alguém que, antes de me conhecer sofria do estômago e acabou curado com a minha cozinha razoavelmente apimentada.

Nada dela com relação à comida é normal. Também não sabe comprar, prever e organizar. Para ir menos ao mercado, "preguiça *oblige*", compra hortaliças em demasia e muitas vezes mais caras, em bandejas de isopor, já descascadas e cortadas, como se não tivesse empregada. Nunca olha a geladeira, raras vezes vai à cozinha que não considera seu terreno, tanto quanto o pequeno quarto da Olga onde, um dia, minha mãe — que jamais tinha posto os pés ali — descobriu abarrotado de aventais, roupas velhas, cobertores, sacos plásticos e todos os tipos de embalagens, quase até o teto.

Normalmente, são as mães que explicam às filhas os rudimentos da economia doméstica. Comigo, foi o contrário. Ensinei à minha até mesmo como usar um protetor de colchão, quando ela, inapta para a vida, queixou-se de acordar com feridas sem imaginar que dormia diretamente sobre os ácaros. Mostrei maneiras de congelar alimentos, planificar e equilibrar refeições; cansei de dizer-lhe o quanto simples cuidados com a compra e o armazenamento são indispensáveis para não deixar os produtos se perderem.

Contudo, metade do que Glica compra, no final já não pode ser usado. Também Olga, longe do olhar da patroa, além de acumular porcaria em seu quarto, esbanja e, quando pode, aproveita ou dá o que sobeja a quem precisa. Como não basta à minha mãe usar as receitas que lhe ofereço, provadas e comprovadas por mim, ela descobre dicas na Internet e manda a cozinheira fazer. Depois, como não tem a menor noção, geralmente escolhe as piores e, no final, manda jogar tudo no lixo.

Hoje, com a penúria que testemunhamos em nossa volta, essa inconsciência me deixa furiosa. Julgo inadmissível. A mãe dela, minha avó, que passara pela guerra e fome na Europa, jamais jogou comida fora, apesar de suas fobias alimentares. E ainda reservava pratos para os mendigos e pessoas carentes. As migalhas de pão que ficavam sobre a mesa, ela as espalhava pelo jardim para os pássaros.

No entanto, mesmo sem manicure, cá estávamos para novamente "não existir". Ajeitei no colo o pacote com o perfume, também comprado no aeroporto como presente, o remédio digestivo que não difere muito dos efervescentes que se pode encontrar em qualquer lugar, e o produto de beleza que, como de hábito, ela encomendou "porque só existe em Paris". Desta vez, estranhei que ela tivesse me encarregado de trazer apenas isso. Sim, porque Glica é uma máquina de pedir coisas.

Geralmente, a lista que envia antes de eu atravessar o oceano enche a mala. Faz o mesmo com meu irmão e cunhada, a quem já pediu até mesmo aparelhos eletrônicos. Fez com os irmãos dela. Um deles, quando viajava, tinha que trazer uma relação inteira de produtos de farmácia e toalete. Vimos nossa mãe bater os pés e gritar como uma criança quando queria alguma coisa. Deixou Terence desesperado com a insistência em comprar um determinado celular, de cujas funções sofisticadas jamais se serviria. Berrava e se agitava, meu irmão tinha a impressão de ouvir uma pirralha mimada:

"Eu preciso deste celular! É isso que eu quero! Quero! Quero! Quero!"

Como se o seu passatempo predileto fosse esse, constantemente incomoda estranhos e pessoas da família pedindo algo que, depois, não precisa mais. Desde meias ortopédicas, comidas especiais e livros, a nomes de médicos, dicas e ajuda para tudo. Até mesmo para uma reclamação na Amazon, Glica é capaz de solicitar o auxílio de alguém. Há pouco, para o seu problema imobiliário, foi capaz de chamar o advogado casado com a prima. O sujeito que, por retribuição à esposa e por ser da família, não cobra, teve um trabalhão para juntar documentos querendo ajudá-la e, no final, ela o avisou que não precisava mais dele: "já tinha arrumado alguém".

Grande parte do que lhe trazem, outra neurose, ela diz que está errado, não gosta, depois joga fora, dá a outras pessoas ou se deixa roubar. Quantos remédios e vitaminas foram para o lixo e quantas encomendas, roubadas...

Ouvíamos ruídos de louças na cozinha, enquanto observávamos a sala de estar. Em cada cidade que viveu, nossa mãe recompôs exatamente os mesmos recintos, distâncias, áreas, volumes, muros e limites. Eu sempre tive a impressão de que cada espaço, sobretudo seus escritórios e mesmo os antigos ateliês, eram cenários montados com dois intuitos. A começar pela constituição narcisista de seu espelho. Tudo deveria refletir a imagem que ela criou para si e para os outros. Depois, pela composição de ambientes onde ela, que jamais trabalhou e lutou para merecer aquilo, pudesse convencer as pessoas do que acreditava ser.

Alguns, com menos capacidade intelectual, caíam na armadilha. Outros, afastaram-se rapidamente. O estúdio que o nosso padrasto lhe ofereceu num famoso prédio de artistas no centro da cidade, não longe de onde mamãe morava, ela passou semanas arrumando. Quando ficou pronto, com todo o material artístico disposto de forma a parecer que estava em uso, Glica fotografou-o, trancou-o, jamais voltou lá, mas enviou-me a foto para ilustrar o *blog* que eu lhe fizera. Argumentou que não gostava de frequentar aquela parte da cidade. Terminou por vender o local, como fez com o resto de seus imóveis.

Aqui, assim como em todos os seus espaços, a decoração estudada, a obsessão por ordem e limpeza, denotam o medo, o desejo de isolamento e segurança, diante da ameaça do mundo externo, mas também a falta de interesse e curiosidade pelo desconhecido. Penso que é até mesmo possível que a nossa mãe tenha renunciado à pintura, para a qual mostrava algum talento, e resolvido "ser escritora" por capricho, sem dúvida porque a pintura é suja, dá trabalho, é intransferível. A escrita é limpa e não exige esforço quando se transfere a incumbência a auxiliares.

Além de que, nesse campo, Glica Preisner poderia trasladar o seu masoquismo da pintura à escritura, criar mais facilmente novas imposturas, inventar novos sofrimentos e frívolas angústias literárias que preenchessem, por exemplo, a sua enorme frustração, ou culpa, de não ter sido vítima do Holocausto.

Se bem que... quem sobreviveu realmente àquele horror, sempre foi até mesmo incapaz de falar nele.

XVIII

Com o mesmo conjunto de algodão estampado permaneci sentada, ao lado de Lauriano, até que nos chamaram. A sala cheirava a madeira encerada e tudo reluzia no Palácio da Justiça. Atrás de uma grande mesa estavam quatro adultos, dos quais reconheci os dois respectivos advogados de meus pais. Os outros eram o juiz de direito, que nos fitou fixamente, e o escrivão, que continuou rabiscando o seu livro.

Eu nutria uma especial simpatia pela advogada de minha mãe. Ema havia recusado o primeiro mediador porque, puritano, ao invés de ajudá-la com o divórcio queria que voltasse ao lar. Contratou a Dra. Estela que, enquanto profissional do sexo feminino, e feminista, colocou-se imediatamente ao seu lado. Até hoje penso que se devesse escolher um advogado para uma causa desse tipo, os homens que me desculpem, daria preferência a uma mulher.

Estela era grande no porte e na profissão. Devia medir mais de um metro e setenta. Hoje reconheço no perfume Shalimar *de Guerlain aquele seu aroma de armário, mistura de baunilha, rosa, jasmim, tangerina, naftalina e pó de arroz. Quando cruzava as pernas, certamente não era na saia reta em tweed leve que se prestava atenção. E quando falava, lábios cobertos de carmim e rosto impecavelmente empoado, as frases mais simples eram alçadas à categoria de uma alegação em audiência. Estela, defensora judicial de minha mãe, que viria a tornar-se no futuro nada mais nada menos do que brilhante ministra da Justiça em um dos governos do Brasil, fazia uso do seu perfume capitoso, tailleur Chanel e charme... até mesmo no Tribunal! Talvez sobretudo ali, onde, se dizia, derretia o coração dos magistrados!*

É possível que isso deixasse ciumento até mesmo o meu avô. Sim, porque ele também estava sob o encanto da nova (e solteirona) egéria judiciária. Solteirona ela era. E vaidosa. Ouvi dizer que ficava um dia por semana descansando só para "eliminar as águas". Diurético natural. Não saía da cama, senão para urinar. Todas as águas eliminadas, no dia seguinte retornava à carga. Fresca, bem vestida e cheirosa. Tilintando o seu colar de pérolas pelos corredores do Palácio da Praça da Sé.

Foi Estela que interrompeu aquele ex-desembargador de meu pai quando este tentou nos induzir em falso depoimento. Foi ela que inverteu as questões e, como nós apenas repetíamos o que papai dissera, não demorou para que as contradições se averbassem. Na verdade, Lauriano e eu pouco entendíamos o que todos, e nós mesmos, falavam ali. Somente ficou claro o gesto com o qual aquele juiz nos fez deixar a sala. Compreendemos imediatamente que, agora, poderíamos ver a nossa mãe. Ela nos esperava nervosa, parecia mais preocupada do que aliviada, mas não fez perguntas. Estávamos com queimaduras de sol, imundos e famintos. Emílio levou-nos em silêncio para casa, onde uma árvore de Natal luzia num canto da sala e um banho morno nos esperava.

O que faria nosso pai depois dessa terrível derrota?

Ouvimos o barulho surdo do andador sobre o parquê. Glica Preisner, elegante como sempre em sua *robe d'hotesse*, deu alguns passos em nossa direção como se entrasse em cena e, antes de sorrir, viu o saco plástico sobre seus livros. Por pouco não teve um ataque de apoplexia!

Não importava que Terence tivesse atravessado o oceano a seu pedido e o saco pudesse conter o que ele trouxera para ela, lembrança que certamente iria criticar para mim pelas costas dele, dizendo que meu irmão lhe havia comprado chocolates "porque é baratinho" e que o meu perfume, "isso sim, era um presente, só eu sei o que ela gosta".

Não importava e não passava por sua cabeça que ele poderia simplesmente não ter trazido nada, encomenda nenhuma, e eu tampouco, à uma mãe que jamais nos comprara um presente, tudo que ofereceu já tinha pertencido ou sido usado por ela. Dava o que não queria mais ou o que não lhe faria nenhuma falta. Até mesmo objetos valiosos, é verdade, mas quando, raramente, não era obrigada a nos comprar alguma mixaria e ficava continuamente dizendo o preço ou lembrando de "como tinha sido caro".

Foi o que ocorreu com o único vidrinho de 50 ml de água de perfume Kenzo que ela adquiriu para mim no aeroporto quando veio à Paris, as duas boinas de lã e o anel fantasia com uma pedra de vidro que comprou no *Bon Marché* como agradecimento por eu ter dormido no sofá da sala e lhe oferecido a minha cama.

Também ganhei faquinhas para cortar queijo, dois talheres de plástico para servir a salada, uma moldura de fotografias e, no meu aniversário, um par de brincos fantasia que ela não podia usar porque não tem as orelhas furadas, mas fora obrigada a comprar em conjunto com o colar que queria. Nunca me ofereceu o colar do conjunto que, evidentemente, eu teria adorado mas, anos depois — como ele era pesado, e minha mãe não suporta nada que a incomode — o vi no pescoço de uma de suas relações a quem ela queria agradar.

A primeira e última vez que pedi alguma coisa à mamãe, não porque tivesse algum valor monetário, mas porque era lindo e, para mim, seria a única e derradeira lembrança do ambiente materno, foi um conjunto de dois pequenos carneiros barrocos que ela adorava e conservava com ciúmes. Estes, em madeira coberta de pátina, haviam sido comprados em antiquário, provavelmente provenientes de algum presépio de igreja italiana. Ela respondeu:

"Quando eu não estiver mais aqui, você poderá ficar com eles. Representam eu e meu falecido marido. Assim, você se lembrará de nós."

Não preciso dizer que, no momento em que ela decidiu impor esse significado aos objetos, com o intuito de me "agarrar" mais uma vez, controlando até mesmo a recordação que eu queria ter, perdi a vontade de possuí-los.

Ou, talvez a sua vontade fosse de fato que eu jamais os possuísse, porque quando ela se mudou para este apartamento, aquelas peças terminaram, não comigo — que também paguei o seu advogado, várias de suas despesas e dei dinheiro para ela sobreviver — mas com uma parente longínqua que a ajudou com um cheque. Ignorando o meu pedido, mamãe os embalou e, para compensar a caridade, mandou a Olga entregar. A parente, sentindo-se incomodada com o gesto e sem se interessar especialmente por esse tipo de antiguidade, guardou a embalagem com os carneirinhos, na garagem.

Glica Preisner, fixou o saco plástico de meu irmão e fulminou-o com o olhar:

"Terence, retire-o de cima dos livros. Imediatamente!"

XIX

Não sei como papai e meus avós paternos viveram a derrota da nossa perda. Wotan tinha morrido e sido substituído por uma collie. O nome dela, Lassie, como a cadela da série de televisão, por si só já era um sinal de que a existência de Louis Adams provavelmente não tinha mais a mesma graça, desafio e originalidade. Talvez acontecesse o mesmo do outro lado, o da família Kreisler, cujo cachorro se chamava Rin-Tin-Tin... Enquanto Lassie movia vaidosa e elegantemente as patas para pedir o meu afago, o pastor alemão repousava gordo e satisfeito, sem muito o que fazer fora sofrer com as sessões de arrancadura de ácaros e inseticida na orelha, dentro da garagem de tia Fayga.

Eu a amava muito, tanto quanto Wotan, mas hoje vejo Lassie um pouco como símbolo do amolecimento pelo conforto e proteção do dinheiro. Um entorpecimento que recusei para sempre, mesmo durante os anos de esplendor de minha vida confortável com meu segundo marido. Espécie de indolência que, acredito, pelas poucas provas que me restam, também acabou sendo rejeitada por meu pai. E foi a perdição de minha mãe.

O único animal que representava alguma possibilidade de salto, com os inerentes riscos e desafios, emblemático de uma vida cheia de mistérios e descobertas, um dia sumiu para sempre. Era uma gata siamesa, chamava-se Saskia, personagem de alguma mitologia oriental, nome da mulher de Rembrandt... e, é claro, não ficou por muito tempo na "bolha protegida, sufocante e alienada" que era o apartamento de minha mãe.

Mas para onde tinham ido meu pai e a Lassie, afinal?

Aos 92 anos, Glica tinha cortado os cabelos brancos e dado algumas voltas no colar de pérolas para esconder o pescoço. Continuava altiva, para não dizer arrogante, e mesmo que as pálpebras caíssem um pouco sobre os olhos verdes, eles mantinham-se translúcidos e perscrutadores. Parecia até mesmo que a perquirição aumentara com a custosa operação oftalmológica feita por um afamado cirurgião com o qual conversei e em cujo consultório passei com ela o dia inteiro. O médico fora competente, salvara-lhe a visão, mas ela o odiava e insultava o quanto podia.

Sentada do mesmo lado onde ficava o buraco do próprio sofá vermelho onde tudo foi pensado, dito e resolvido durante três quartos da sua existência, móvel que a seguiu em todas as suas moradias, ela mexeu um pouco o nariz com o tique que também a acompanhou durante a sua vida quando ficava nervosa. Fez um longo silêncio e, quando pensamos que ia perguntar se fizemos boa viagem, ela disse:

"A minha vida não está fácil!"

XX

A nossa vida não era fácil.

Nunca passou pela minha cabeça que a família paterna tivesse realmente sofrido com a nossa perda ou ausência. A impressão que me sobra é a de que experimentaram, depois daquela audiência no tribunal, apenas a frustração pela destruição de suas provas de resistência. Apesar do afeto que demonstravam, também não tive a nítida a noção de nosso lugar dentro da família materna. É muito possível que nós, Lauriano e eu, tivéssemos sido de fato apenas dois pequenos peões dentro do grande jogo de xadrez que se travava entre as duas famílias. E peões são peões. Em qualquer partida, continuam assim, mesmo quando os trocam de lugar.

Desse modo, depois do "rapto", quando nosso pai soube que, de acordo com a sentença proferida pelo juiz, seria obrigado a nos ver para sempre diante de um oficial de justiça, os nossos encontros começaram a se rarefazer. Os fins de semana foram se espaçando, espaçando e plin! A corda rompeu-se e o balão voou para o desconhecido, sem deixar nenhum traço. Como já contei, só viemos a saber — com enorme surpresa! — para onde ele fora, como era, com quem estava e o que fazia, quase trinta anos depois.

Confesso que fiquei aliviada. Além de as visitas se haverem tornado muito tensas e desagradáveis, o fato de não mais ter que optar entre um e outro em si já era um desafogo. E inventar que Ema tinha se tornado "mãe e pai" não só era suficiente para enfrentar os colegas na escola como para me dar motivo de orgulho. "Você tem mãe e pai como todo mundo? Ah! Isso não é vantagem nenhuma". Muito mais interessante, claro, era ter um genitor polivalente! Mesmo se, na verdade, na maior parte do tempo, não tivéssemos nem mãe, nem pai.

Talvez esse argumento tivesse convencido alguns, inclusive a diretora do Colégio Silva Paranhos, dona Saudade. Pelo menos, foi dessa maneira, mesmo se não representasse exatamente a ideia que ela tinha de si, que nos passaram a imagem de minha mãe. Uma heroína, sempre. O problema é que heroínas, e ela devia saber disso, só existem nos romances de aeroporto.

Quando pensamos que Glica começaria a revelar o conteúdo e a razão da ameaça que nos enviara por e-mail, Olga entrou na sala com o usual turbante feito de camiseta, sapatos Croc's e um avental que apertava demais a sua corpulência. Parecia contente com a nossa presença, nos saudou com um grande sorriso, mas com o mesmo misto de medo, ódio e respeito que testemunhamos durante décadas, e pousou a bandeja com vinho branco espumante e um copo oblongo ao lado do cachepô com a orquídea.

Já há vinte anos era ela que recebia os "alunos" e servia café com biscoitos no curso de "literatura e terapia", cujo método minha mãe dizia ter inventado, quando percebeu que seu dinheiro começava a diminuir. A história da relação entre literatura e terapia remonta à Grécia antiga, foi desenvolvida por várias pessoas e, sobretudo mais recentemente, por um rabino e filósofo francês.

Ofereci-lhe o livro desse autor, ela chupou as ideias dele, organizou as "aulas" para as quais até mesmo lhe criei uma página Facebook, coisa que ela não sabia fazer. Ajudei com os convites, escrevi todos os *releases* e, finalmente, ela conseguiu algumas inscrições. Quem lia e discutia os livros eram os "alunos-não-alunos", como dizia, de modo que Glica nunca tinha muito trabalho. Depois, já que ninguém nunca ouvira falar no rabino-filósofo, a entrevistaram num programa de televisão e ela deu a entender que a ideia, título e método do curso eram seus, sem citar a fonte.

Os "alunos" (em sua maioria "alunas") desapareceram, mas o vídeo com a entrevista ela continua enviando por e-mail, a todas as suas relações. E não porque queira retomar a atividade.

Na verdade, penso que com este curso ela quis também imitar um filósofo tcheco-brasileiro refugiado da guerra que morou em São Paulo durante vinte anos e cuja casa ela frequentava quando jovem nos finais de semana, à hora do chá. Muitas décadas depois, quando ele já morava na França, fui eu quem o convidou para uma conferência na instituição onde eu trabalhava, e o levou à casa de campo de minha mãe para um almoço.

Porém, no final da "entrevista" a uma de suas "alunas" a quem contara que o conheceu, ela me chama de "alguém":

S.A. — Quais ensinamentos de Viloušek Mandlík ficaram para você, Glica Preisner?

G. P. — Bem, a primeira impressão foi a de que ele era um homem muito agitado, brilhante, e egocêntrico.

S.A. — O que ele ensinava?

G.P. — Sempre falava muito, agitadamente, e éramos todos como alunos em volta de um mestre, mesmo que muitos dos que ali se reuniam já fossem intelectuais e artistas de renome. Martha sua esposa era quieta, solícita, delicada, uma verdadeira *femme d´artiste*. Era ela que servia o chá com biscoitos.

S.A. — Por que *femme d'artiste* tem que ser quieta e solícita? Aliás, Martha era mulher de filósofo...

G.P. — É que, apesar de seu egocentrismo, ele dependia muito dela.

S.A. — O que você aprendeu com ele?

G.P. — Suas conferências e aulas eram tão extravagantes para nós, que mais pareciam ficção científica.

S.A. — Mas você leu os seus livros. O que pensa sobre eles?

G.P. — Na verdade ele anteviu aquilo que nós ainda não éramos capazes de ver.

S.A. — O que ele anteviu?

G.P. — Não tenho a menor ideia.

S.A. — E você sabe quais foram as suas influências?

G.P. — Também não.

S.A. — Como você chegou a ir lá?

G.P. — Viloušek e Martha, moravam na mesma rua que eu, perto do Clube Pinheiros. Portanto era só atravessar a rua para ir à sua casa.

S.A. — Você chegou a visitá-los quando esteve na França?

G.P. — Sua vida na França é outro período que deve ser lembrado, mas não mais por mim.

S.A. — Gostaria de acrescentar mais alguma coisa?

G.P. — As minhas lembranças são mais anedóticas do que intelectuais. Portanto, podem ser consideradas pouco relevantes apesar de que eu tenha usado o personagem Viloušek Mandlík em a *Vida no Abismo*. Um exemplo: quando ele veio para um evento e **alguém** o trouxe para almoçar em minha casa de campo junto com outros convidados, ele manteve um diálogo tão acalorado, deu tanta briga, que acabou com o almoço. Estava terrivelmente irritado com tudo, especialmente com a cidade que ele dizia parecer uma "Detroit africana".

"Mais alguma coisa, Dona Glica? Trago uns salgadinhos?"

Ignorando o silêncio da patroa que, como todos os grandes apreciadores de álcool, não gosta de comer enquanto bebe e vice-versa, Olga virou-se a nós:

"Fizeram boa viagem, dona Shelly? Seu Terence, o senhor emagreceu! A sua mulher não está fazendo comida boa, é?"

"Sou eu quem faz a comida, Olga! Desde que me aposentei, a dona Franca voltou a trabalhar e não tem mais tempo", Terence respondeu rindo e olhando para a mãe que parecia não apreciar a conversa.

"Graças à dona Glica", Olga pôde viver em várias cidades, Nova York e depois em Miami, em vez do Jardim Ângela, e ser fã de Donald Trump e Romero Britto, para horror da patroa. Perguntou a que horas podia servir o almoço e o que queríamos beber. Antes que pudéssemos responder, nossa mãe ordenou que ela tirasse a tampa de pressão da garrafa e com uma das mãos fez sinal para que saísse, dizendo:

"Quando quisermos almoçar eu toco a campainha."

XXI

Talvez por causa de sua educação, talvez por sua história e caráter, por um distúrbio de personalidade, ou tudo junto, mamãe continuava imatura, indisciplinada, ociosa, preguiçosa e negligente. Foi o pior exemplo que podíamos ter.

Como quis provar que era competente e Louis Adams estava errado, tirou carta de motorista e resolveu frequentar a faculdade no Borgward Isabella branco que ganhara do pai. Estranhamente, aquele carro alemão fabricado pouco tempo depois da Segunda Guerra, só tivera sucesso em uma pequena parcela da população alemã e na minha família brasileira, sobrevivente do Holocausto. Devia haver uma espécie de negação inconsciente ou a mesma e pura alienação que fazia com que tivessem dado o nome de "Josef" e "Heinrich" a dois garotos Kreisler, usassem eletrodomésticos germânicos e também conduzissem carros da Wolkswagen. Só faltava terem dado a Ema o nome de Leni (Riefenstahl) ou de Eva (Braun). Se bem que também existiu uma Emma (Emmy Göring) que não era flor que se cheirasse.

Depois de um percurso medíocre na universidade, mamãe propôs uma ideia esdrúxula para tese de mestrado que, é claro, foi recusada. Em vez de apresentar outra ao orientador, ou talvez porque este viu que era melhor desistir da orientanda, ela largou o projeto, nunca foi além do bacharelado, mas colocou no currículo que era "pós-graduada em Filosofia da Religião".

Mais tarde, quando eu lhe avisei que se isso fosse descoberto seria péssimo, mamãe me ofendeu dizendo que "o meu diploma de 'cinema direto' em Paris", curso que eu terminara na École Pratique de Hautes Études, "também era falso". Por sorte eu tinha guardado o documento. Assim pude esfregar uma cópia no nariz dela que não só não conhecia os estudos de juventude da própria filha, como também pouco se incomodava se, naquela época, para viver, eu fosse obrigada a limpar o consultório de um médico e passasse fome.

Ema roubava revistas de decoração na banca de jornal e depois se divertia nos contando. Nos fazia cúmplices de suas "travessuras", sua intimidade, vida amorosa e sexual, como se fossemos seus amigos. Lauriano rejeitava isso, eu enquanto mulher achava natural. Pensava que uma mãe que faz da filha uma "parceira" era positivo ou anódino, não destruía o seu papel de mãe. Eu estava enganada: mamãe conseguiu demolir o respeito que eu desejava ter por ela e, por conseguinte — somando-se o resto de suas ações e comportamentos — até mesmo qualquer vestígio de admiração e, portanto, a maior parte do meu amor filial.

Ema adorava o divertimento e a excitação que lhe provocava enganar as pessoas. Vivia trancada numa confortável bolha de alienação política, social e moral, onde seus únicos interesses eram ela mesma e apenas o que pudesse ser revertido à sua própria pessoa. Para minha mãe, a vida ética, honesta e altruísta não tinha a menor graça. Não foi por acaso que eu, vinte anos mais nova do que ela, sempre a considerei, no máximo, como uma irmã mais velha. Uma irmã mal-educada e malcomportada que eu era obrigada a suportar. Claro que adotaria tia Fayga, alguém exemplar, honrada e madura, como minha verdadeira mãe.

Há décadas que nos exasperamos vendo nossa mãe tocar constantemente essa sineta de dentro dos eternos e opacos globos aristocráticos que são seus cômodos, onde nenhum esforço é necessário e alguém sempre está por perto para obedecer, seja para abrir uma garrafa, desfazer o papel de um presente, buscar um lenço ou um copo. Até para ajeitar os lençóis ou afofar o travesseiro, Glica toca a campainha. Não é a toa que as suas empregadas estejam sempre com os nervos à flor da pele.

Desde jovem, Glica não faz absolutamente nada sozinha. Nunca sequer preencheu um cheque, lavou os próprios cabelos, cortou as unhas dos pés, costurou uma bainha, descascou uma fruta, tirou o pó de um móvel ou trocou a água dos vasos para que os buquês durassem mais. Quando as empregadas não o faziam, a água apodrecia e as flores morriam, ela telefonava à floricultura e mandava vir outras. Frutas ou legumes, como eu já disse, geralmente comprava-os no mercado em bandejas de isopor, lavados e cortados, poupando até mesmo as suas "servas". Secretárias lhe entregavam os cheques prontos para serem assinados.

Além disso, Terence e eu sempre ficamos incomodados com a maneira como ela fala e dá ordens às criadas. Não pede, ordena. Nunca usou a expressão "eu pedi para fulano fazer isso". Sempre diz "eu mandei o fulano fazer isso". As palavras "por favor" e "obrigada", para ela, são praticamente inexistentes. Isso, quando não recrimina os criados na nossa frente. Na última vez em que gritou "o almoço está bom para o lixo!", Terence saiu batendo a porta. E eu tive que ouvi-la novamente, fazendo de tudo para me colocar contra o meu irmão.

Desta vez, felizmente, ele ainda não tinha tido bons motivos para bater a porta e me deixar sozinha com ela. Estávamos os dois a ouvir de novo as mesmas queixas às quais fomos acostumados desde sempre, esperando pelo que a nossa mãe tinha a nos anunciar. Afinal, era o que nos havia obrigado a deixar nossos afazeres e famílias. Ele, para atravessar um país. Eu, um oceano.

Talvez Glica fosse nos comunicar que estava doente, mas pela sua aparência era bem mais provável que estivesse enfastiada de sua "vida de pobre" e, mesmo sabendo que não temos condições, faria mais alguma chantagem para poder voltar ao fausto de antes.

XXII

Às vezes eu tinha a impressão de que Lauriano passava por tudo aquilo como um pequeno Buda. Ou melhor, um pequeno estudante talmúdico. Magro, traços delicados, olhos imensos e cabelos castanhos sempre encaracolados. Embora mais tarde, aos treze anos, tivesse recusado cumprir o bar-mitzvá, ele parecia mesmo um precoce aprendiz da Torá numa yeshivá. Lia muito, tinha a introspecção e a candura de um futuro sábio e, além de uma "experiência de vida" vinda de não sei onde, uma enorme aptidão natural para a escrita e os elementos visuais. Nem bem crescido, as suas ponderações faziam sentido e os seus poemas e pinturas reinventavam o mundo. Tanto que — após ter sido casualmente descoberto, aos dez anos, por um crítico — tudo o que ele fazia era imediatamente publicado em jornal.

Naquela época, os suplementos literários prezavam os talentos precoces. Hoje não se estima mais nem os maduros...

Ainda acredito que as pessoas que são tocadas por uma chama divina, sejam quais forem as diversidades que encontraram na vida, ou talvez até mesmo por causa delas, conhecem profundamente o terreno em que pisam e sabem exatamente para onde vão. Além de possuírem talento para tudo, transformando em pérolas o que toquem. Meu irmão era assim e não me admira que fosse considerado "difícil". E que, apenas alguns anos depois, tivesse sido enviado a um colégio interno, não muito longe de Nova York, onde nossa mãe resolvera ir morar. Foi muito infeliz no internato, sofreu como um prisioneiro, mas estou certa de que ele, criança em Milford, devia estar menos perdido do que Ema em Nova York ou eu, em São Paulo, em plena adolescência acarinhada por minha tia-avó.

A estadia no apartamento de nossa mãe, depois daquele dia em que encontramos a árvore de Natal arrumada, não durara muito. Apenas tivéramos tempo de brincar um pouco com a siamesa Saskia, brigar outro tanto com Ulla, a governante alemã, ver algumas vezes Ema partir furiosa no Isabella Borgward dizendo que não sabia se voltaria, e chupar jabuticaba no muro do jardim que ficava em frente do prédio. Descíamos correndo quando o caminhão passava com os alto-falantes: "Jabuticaba! Jabuticaba! Fresquinha de Ituverava!" Não demorava para que Osvaldo, o zelador que ficou lá durante décadas, nos enxotasse carinhosamente dizendo que estávamos emporcalhando a calçada...

Logo mamãe resolveu partir, levando Lauriano para colocá-lo no internato. E quando alugou o apartamento de Higienópolis para a mesma colunista social que alguns anos depois, sem querer, me fez entrar para o jornalismo, fui morar com tia Fayga. O que me esperaria naquela mansão?

Já estamos com fome e nada de nossa mãe "mandar" a Olga servir o almoço...

Terence tirou o lindo pacote de fitas com os chocolates do saco plástico e o ofereceu à mamãe. Ela pegou o embrulho, olhou e o estendeu de volta para que ele o desfizesse, como quem diz "rainhas não abrem pacotes". Melhor assim. A sua preguiça, impaciência e falta de habilidade com as mãos fariam com que estraçalhasse a embalagem e isso nos irritaria mais ainda. Logo que os viu, exclamou:

"Ah! São esses baratinhos que encontro aqui no shopping." O que quer dizer: "Terence, você é milionário e me traz essa ninharia."

Ela fazia o mesmo com a maior parte dos presentes que recebia dos amigos. Quando o presente não a agradasse, não fosse caro ou de luxo — ainda que tivesse sido oferecido com carinho e representasse apenas uma lembrança — ela entortava a boca com desprezo e jamais deixava de contar o fato, criticando a "pacotilha chinesa", "a mixaria que compraram na superviagem" ou a "nulidade que lhe davam em troca das maravilhas que ela, sim, oferecia".

Na verdade, as "maravilhas" que ela oferta, nem sempre são maravilhas. Às vezes, são os próprios presentes que não gostou e passa adiante. E, de todo modo, como poderiam ser maravilhas, se a minha mãe tem também, muito provavelmente, algum problema narciso-fetichista com regalos, e seu intuito nunca é a satisfação do presenteado? A história do sabiá na gaiola como lembrança de aniversário de oito anos do meu filho caçula, terminou mal.

Glica deu tratos à imaginação durante dias para saber o que poderia oferecer a um neto que conhecia pouco e por quem não nutria enorme afeto. No final, ficou muito feliz com o que pensava ter sido uma grande ideia e, sobretudo, em se livrar do problema. Sem se perguntar se a criança gostava de pássaro, ainda mais na situação de prisioneiro, ela colocou um papel com fita sobre o pobre enjaulado e mandou o motorista entregar. Também não pensou se algum adulto estava disposto a fazer perdurar — com alpiste, aveia, linhaça, colza, girassol ou painço — aquilo que, para ele, podia ser uma aberração.

Assim, o pai de meu filho não esperou o motorista ir embora. Se foi grosseiro, e foi mesmo, não vem ao caso. Antes mesmo de desembrulhar o bicho, colocou-o de volta nas mãos do empregado, dizendo:

"Por favor, diga à sua patroa que agradecemos, mas aqui não queremos passarinho em gaiola."

Vinte anos depois, mamãe continuou a demonstrar o seu afeto, desta vez com o filho de meu filho caçula. Passeava diariamente com a Olga no shopping, porém quando era convidada para visitar o bisneto ou a ir ao seu aniversário — claro, não enviava mais um sabiá engaiolado mas —, sempre declinava do convite argumentando que "não estava bem para sair de casa".

Antes que minha mãe fosse me pedir para abrir o perfume, e enquanto mudava do sofá para a cadeira Eames[7] falsificada, me adiantei e tirei não apenas o papel de presente, como o celofane e também a caixinha de papelão. Ofereci o frasco, pronto para ser usado. Já perfumando-se com ar de satisfação, ela elogiou:

"Shelly, você sempre acerta o que eu gosto." O que deve ser subentendido como: "Shelly, você é pobre e mesmo assim gasta em um bom presente. Não é mesquinha como o seu irmão."

A cadeira, a sua amiga arquiteta Fabiana lhe vendera pelo preço da verdadeira. Glica, como todos os que sabem enrolar, tem também um talento especial em se deixar enganar. A arquiteta era sua confidente, igual aos que circulavam em sua volta enquanto minha mãe tinha dinheiro, organizava festas e recebia pessoas "interessantes".

Glica teve dezenas de confidentes mundanos e interesseiros. Como aquele antiquário escroque brasileiro que morava em uma comuna chique, limítrofe de Paris. Ele telefonava de madrugada bajulando-a, contando os problemas dele com a mulher milionária, a mãe numa casa de repouso em São Paulo e, ao mesmo tempo, roubava mamãe em negócios escusos com os objetos dela, que ora comprava, ora vendia.

Entre todos, mais e menos trapaceiros, não sobrava nenhum com quem ela quisesse conhecer novos lugares, passear ou compartilhar aventuras. Quando eu lhe perguntava por que não viajava com alguma amiga, afinal tantas se consideram assim, respondia:

"*Not for me*! Deus me livre viajar com amiga! Que amiga?"

---

[7] Charles Eames (1907-1978), designer, arquiteto e cineasta americano, célebre por seus móveis.

Nossa mãe só cultiva amizade com as pessoas que podem ajudá-la, mas fala mal delas nas costas. Deitada ali, com os pés na banqueta e o espumante na mão — enquanto aguardávamos o que tinha a nos dizer — desfiava reclamações e tagarelava sem parar. Enumerava um a um os defeitos do professor de computador (que agora só vem uma vez por mês), empregadas, manicure, cabeleireira e até mesmo do rapaz que veio arrumar a máquina de lavar e não quis tirar os sapatos.

Com ela sempre sabemos o que e onde compra isso ou aquilo, como sofre com o calor, o frio, a saúde, as dores aqui e ali e continuamos também aprendendo os títulos do que está lendo e assistindo no momento. Apenas os títulos. Sobre o conteúdo, jamais. Como, além de tudo, o seu cérebro virou compota com tantos psicotrópicos e bebidas, vê-se que agora esquece ainda mais rapidamente o que os autores escreveram e o que os cineastas filmaram. Só tem a dizer o "quanto e como são maravilhosos!" ou o "quanto e como são ruins!" E, como sempre, peremptoriamente. Jamais condescende que é "na sua opinião".

Glica espera ser "reconhecida", aguarda elogios, presentes, conta com que os outros a sustentem, a façam feliz, a coloquem em um pedestal de mármore. No Facebook, por exemplo — e eu volto a ele —, há anos se dedica ao seu esporte preferido que é falar dela mesma e exibir a família. Não raro publica fotos das obras que minha avó deixou para a posteridade. Geralmente escolhe aquela onde vovó a retratou com seus dois filhos, Shelly e Terence, porém jamais faz menção a isso, dizendo apenas que o personagem retratado é ela e o trabalho chama-se "Glica".

Enquanto bajula o fotógrafo que fez o seu retrato, consagra-se também a publicar fotos de si mesma, artigos sobre si e a própria biografia.

Também republica velhos contos sem data, fazendo as pessoas pensarem que são recentes e inéditos. Assim como "copia e cola" textos alheios, sem colocar as aspas, sem citar os nomes dos autores, sem indicar os livros de onde foram retirados ou apresentar os links dos artigos, induzindo os leitores a pensarem que os trechos são dela. A sua astúcia, como se isso fosse absolvê-la da impostura, é falar sobre o autor, en passant, nos comentários. E fala bem depois, quando ninguém mais percebe e ela já alcançou bastantes "likes".

Como se fosse eu a mãe e ela a filha, ao e-mail de repreensão que lhe enviei uma vez dizendo, no final, que "gostaria de ter orgulho dela, mas cada vez ficava mais decepcionada", Glica respondeu:

"Shelly, é incrível como você me controla! Esqueci das aspas, e daí? Mas falei o nome de quem escreveu. Não foi suficiente? Não indiquei o livro, pois ele se encontra na minha biblioteca e eu estava cansada para procurá-lo."

Certa vez fui obrigada a alertar um rapaz universitário de Belém do Pará que, a seu pedido — como se não bastasse o site e o blog que já possuía — lhe criara no Facebook uma vergonhosa página promocional de mau-gosto, incompleta e com material mal escolhido. Não me surpreenderia se Glica tivesse pago pelo serviço, da mesma forma como sempre pagou dezenas de outras pessoas que a assistiram. A mim, ela mentiu dizendo que "não sabia de nada, que a ideia fora deste seu fã". Que ele queria, "apenas por amizade e admiração, lhe ofertar a página como se tivesse sido feita por ela mesma", tendo sugerido que a própria Glica, aos 90 anos, "convidasse todo mundo para curti-la". No dia seguinte à minha missiva, o sujeito deletou a promoção da velha dama indigna.

Para o resto, *links* aleatórios que compartilha, Glica escreve apenas quatro frases diferentes, geralmente em caixa-alta e às vezes com muitos pontos de exclamação: "maravilha", "muito bom", "deve ser lido" ou "recomendo". Penso que, além do mais, ela tem medo de cometer erros de escrita agora que não pode mais pagar secretária e *ghost-writer*. De vez em quando compra briga com adolescente, como fez com uma prima imbecil que elogiou palestinos terroristas, louva quem lhe interessa e, como esquece o que publicou, volta a publicar as mesmas coisas várias vezes seguidas.

Terence, que consegue ser mais indiferente ao comportamento de nossa mãe, não entende que eu sinta — o que se costuma chamar de — "vergonha alheia". Ele pensa que, como ele, eu deveria não dar a mínima. Mas duvido que mulheres notáveis que admiro, como Simone Veil, Clarice Lispector ou Rita Levi-Montalcini, se prestariam a isso. O pior é que, justo na idade em que poderia ter adquirido dignidade e desprendimento, minha mãe pratica exatamente o contrário. De minha parte, adoraria bloqueá-la no Facebook. E na vida também.

XXIII

Se nós, Lauriano e eu, compreendêssemos melhor as nuanças e os amálgamas da espécie humana, lá onde sentimentos e apreciações diversas, até mesmo contraditórias, se misturam, certamente não passaríamos por um milésimo do que sofremos, muito antes da morte de nosso avô. Mas, qual jovem ou criança possui essa aptidão?

Com todo o fasto, alegria aparente, esplendor da cultura e história que nos cercavam, fundamentalmente, não podíamos ser felizes assim como os demais seres humanos. Bastava sairmos da brilhante estrutura social para nos encontrarmos de imediato face à nossa própria vida e sobretudo à pesada e sombria realidade dos nossos próximos.

Esta traduzia-se pelos mais diferentes comportamentos e reações. Uma delas foi ouvirmos, à propósito de alguma ordem que nos recusávamos a obedecer, a acusação de que "éramos culpados pela morte do nosso avô". Mas como e porque Lauriano e eu tínhamos matado o avô? Desobedecer dava câncer nos outros? Se tivéssemos compreendido que os labirintos da dor levam a palavras ou atitudes impensadas e nem sempre justas, aquela incriminação teria sido esquecida. Não foi.

Depois de uma infância turbulenta e de várias visitas ao consultório do Sumaré, onde a corpulenta doutora Judith, célebre psicóloga infantil alemã diagnosticou uma "fantasiosa culpabilização pela separação dos nossos pais", coisa que, aliás, ocorre com a maior parte das crianças, era impossível arcar com uma "culpa a mais".

Eu que já tinha nascido assustada (talvez por causa daquela perda de altitude do avião onde meus pais viajavam ou simplesmente porque, na barriga de minha mãe, fui testemunha da desventurosa gravidez que Louis Adams fez Ema passar) não precisava de sustos suplementares. Nasci tão amedrontada que até das festas com palhaço eu fugia. Uma vez, contaram-me, foram me achar várias esquinas longe da casa de uma amiguinha que festejava o seu aniversário...

Em outra ocasião, e dessa lembro-me bem, ao ver uma menina defeituosa, certamente por causa dos efeitos devastadores, e até então desconhecidos, da talidomida, desabalei novamente pela rua parando apenas para me jogar nas almofadas do terraço da casa da rua Venezuela, onde fiquei muito tempo olhando o céu. Procurar configurações reconhecíveis nas nuvens era a única maneira de acalmar o horror que me davam as formas desconhecidas.

Penso que, assim como os psicanalistas criam-se a partir da própria neurose (precisam sofrer mentalmente o suficiente para procurar ajuda e tornarem-se eles mesmos terapeutas), alguns críticos de arte provavelmente devem se formar tomando por base o desafio de conformações não raro estranhas à sua sensibilidade. Analisar o incógnito é uma forma de enfrentar o medo que ele causa. No futuro, talvez eu sentisse que era muito perigoso entrar na subjetividade das obras — colocar em confronto as minhas particularidades e a dos artistas — sem instrumentos contemporizadores da mediação crítica tais como, entre outros, língua, história, filosofia, semiologia e mesmo a psicanálise...

Com ela, falávamos cada vez menos. Ouvíamos, calados, cada vez mais. Primeiro, porque era evidente que não lhe interessava o que tivéssemos para contar. Segundo, porque se começássemos a falar, nossa mãe nos interromperia a cada duas palavras e, se o assunto a incomodasse, diria que está com a pressão alta. E terceiro, porque, com a sua constante ansiedade, não conseguiríamos ter uma conversa contínua, uma vez que ela passaria de um assunto a outro como aqueles obsessivos do controle remoto de televisão que ficam mudando de canal.

Mas, o pior de tudo, é que Glica não suportaria nada de bom que pudéssemos lhe relatar. Indiretamente, deixaria bem claro que "temos que sofrer" porque "ela" está sofrendo. Se não é feliz, por que teríamos direito à felicidade?

Meu irmão talvez tivesse conquistado alguns anos de maior proteção. Não raro conseguia fugir dos seus telefonemas. Falava pouco e só o necessário. A mim ela ainda alcançava. E sempre que tivesse algum problema, era eu o bode expiatório. Ilustrando: quando ainda estava casada e morávamos na Normandia, caí na besteira de lhe enviar por e-mail a foto radiosa que tirei de uma ilha anglo-normanda. Fui punida severamente, durante semanas a fio, com toda espécie de amargor, repreensões e queixas. No fundo, ela queria dizer: "veja como 'você está bem', enquanto 'eu' estou sofrendo aqui, com um marido doente."

Durante todos os anos que precederam a morte do meu padrasto, de quem muito gostava, aliás — eu e Terence tivemos que pagar pela desgraça de nossa mãe. Passamos a esconder nossos momentos felizes para nos proteger das vinganças, dos castigos dissimulados que, sabíamos, ela nos infligiria.

Naquela época, no começo dos anos 2000, enviei uma carta de desabafo a meu irmão:

"nas minhas costas pesa sempre uma desequilibrada *jewish princess*, nossa mãe. Como todas essas mimadas, ela não tem maturidade nem autonomia e isso é uma barra! Sobretudo para a filha aqui, que fica com os pepinos. Não sei se ela faz a mesma coisa com você. Acho que te respeita mais. Pelo menos, assim espero. Então, a cada probleminha, me escreve ansiosa, telefona, faz um drama inacreditável. Impulsiva, quando escreve à noite depois dos uísques, então, é um pavor. Às vezes telefona no dia seguinte pois fica com remorso. Como todo mundo, tem qualidades e defeitos mas, não como todo mundo, que defeitos! Nem sei mais onde se encontram as suas qualidades.

Tento não permitir a invasão, é muito cansativo. Ela me esgota demais da conta. Me procura o tempo todo, por qualquer coisa, até mesmo probleminhas do gênero 'a Fnac não mandou um livro que pedi por Internet', ou 'estou com dor de estomago, me mande aquele remédio efervescente' pelo correio. Quer dizer, em vez de comprar um sal de frutas, onde estiver, ela prefere que eu faça algum remédio atravessar o oceano Atlântico.

Mamãe chegou a mandar a página de Internet com uma antiga crítica da Guaracy sobre os desenhos dela para todo mundo. Pedi para ela não fazer isso, não ficava bem. Mas era tarde demais. Já tinha ido para toda a sua lista imensa de e-mails. Ela reconheceu o erro e a cabotinice, disse que é a neurose dela, precisa do reconhecimento das pessoas, e ficou chateada. E eu mais ainda."

Como Terence me havia relatado em forma de lista tudo que fizera por nossa mãe — era enorme, mas ela ignorava, ainda exigindo dele mais e mais — enviei a ele outra lista, de dezenas de itens, com o resumo do inferno de quase meio século que Glica me fizera passar, também entre exigências, pedidos e abusos. Recontei o que certamente meu irmão já sabia, não era competição, talvez para o consolar: ela me ligava, onde quer que eu estivesse, várias vezes seguidas. Reclamava, pedia. E eu fazia tudo que pedia. Também tinha que ligar e, se não ligasse, ela ficava uma fúria. Eu telefonava, como uma escrava, quase todos os dias. Era a minha "obrigação".

Carreguei-a em viagens (inclusive a trabalho) e, quando ela viajava comigo e com meu marido pagávamos tudo. Na época em que eu tinha dinheiro (e também quando já não tinha), ela dava a entender que queria presentes e a cada vez que eu comprava algo para mim, comprava também para ela: bolsas, sapatos, roupas, lingerie, jóias, livros, discos, tudo de marca. Meu marido achava um absurdo a quantidade de coisas que eu deixava de comprar para mim para dar à minha mãe. E ela mostrava querer cada vez mais coisas, ficava frustrada se eu não lhe desse.

Passei noites em hospitais, e dias inteiros em consultórios. Não lembro de ela ter feito o mesmo comigo. Toda vez que tinha algum problema de saúde, me chamava e me fazia acompanhá-la. Passei horas escrevendo e trocando ideias por telefone com médicos brasileiros, quando ela foi diagnosticada com ataxia e falta de equilíbrio por causa do álcool misturado aos remédios. Escrevi mensagens e mensagens, e passei várias horas ao telefone orientando-a e enviando informações. E ainda fui chantageada por parentes que, orientados por ela, me assustaram dizendo que ela passaria por uma "grave cirurgia". Depois de contatar meio mundo, acabei sabendo que a tal intervenção não era mais do que um exame, simples e corriqueiro.

Levei minha mãe a todos os lugares que eu frequentava, no Brasil e depois em Paris. Ela viveu décadas "na minha cola". Aproveitava de todos os meus conhecimentos e amizades. Nunca deixei de levá-la, aonde quer que eu fosse. Fui conselheira e factótum. Na ocasião em que parei de fazer isso porque considerei que, por causa de minha profissão, haveria conflito de interesses, ela quase me matou. Criei o seu *site*, cheguei a pagar o servidor várias vezes. Apesar do pouco tempo que tinha por causa do meu trabalho, continuei arrumando e colocando todo o material que ela escarafunchava, durante anos, para se fazer valer.

Criei o seu *blog*. Ensinei-a, em muitos meses, como usá-lo. E punha dentro tudo que ela pedia, até mesmo as fotos daquele ateliê no centro da cidade, — com os pincéis, paleta, tela e cavalete bem arrumadinhos — que nunca serviu para nada. Mamãe não entendia coisa nenhuma, tinha preguiça de entender, mas, como eu tinha um *blog*, ela também queria um. De todo jeito.

Perdi um tempo louco com ela. Acho que ninguém faz ideia do que é um próximo que suplica tudo, diariamente. Alguém que se faz de coitadinho, que não sabe nada, e precisa tanto! Enviei, por correio e pessoas, remédios, livros, produtos. Mandei, por e-mail, centenas de receitas de cozinha que ela me pedia todos os dias e muitas vezes ainda, porque tinha preguiça, me fazia explicá-las, por telefone à empregada.

Solucionei dezenas de pepinos. Abri e geri várias vezes, em anos seguidos, páginas do Facebook para os seus cursos fajutos; fiz as solicitações, escrevi todos os *releases*. Elaborava graficamente até mesmo os convites para as festas de aniversário que ela oferecia, uma vez que estas representavam as ocasiões mais importantes de sua vida, para as quais gastava uma fortuna. No seu final, Glica sempre realizava a contabilidade dos presentes, julgando — por meio do seu "gosto e valor" — o amor ou o desamor que cada convidado lhe devotava.

Minha mãe tratou-me como "prestadora de serviços gerais" durante meio século. Uma super secretária e conselheira à disposição, a qualquer hora do dia, sete dias por semana. Cada vez que devia responder a alguém, perguntava-me o que eu achava e o que ela devia escrever. Eu recebia pelo menos um e-mail assim por dia. Passei a vida escrevendo ou corrigindo mensagens e cartas de todos os tipos, já que ela não sabia ou não queria gastar as suas energias. Redigi todas as missivas em francês das quais precisava. Glica usou e abusou de mim, sem descanso.

Como já disse, consegui a publicação na França de seu primeiro livro, inteiramente reescrito por seu primeiro e dedicado editor brasileiro. Apresentei-lhe a minha amiga que fez a tradução. Fiz a correção do trabalho junto com meu marido durante meses. Controlei o seu contrato. Além de discutir cada detalhe todos os dias com a tradutora, uma pessoa de quem eu gostava muito e de quem, como também já contei, no final perdi a amizade por causa dela. Organizei o lançamento do seu livro em Paris. Vim de propósito de Saint-Vaast-la-Hougue para me ocupar dela, como sempre, "ela, ela, ela" e... mais ninguém.

Toda vez que Glica vinha a Paris, e veio muitas vezes, eu a levava a médicos. Ela consultava, na maior parte das vezes, só por consultar porque achava que aqui eram melhores e "davam remédios franceses". Até ao dermatologista eu a carregava para ele receitar cremes de beleza. De uma feita, apresentei-a a três médicos diferentes.

Recebi-a em Paris e em Saint-Vaast-la-Hougue. Na capital, dormi na sala, enquanto ela ocupava o meu quarto. Depois, nas outras vezes em que veio, ficou em um hotel com várias estrelas, longe e fora de mão para mim, porém próximo de uma grande loja de departamentos onde ela passava grande parte do dia, gastando o que pensava que podia. Eu era obrigada a trocar três vezes de metrô para visitá-la diariamente.

Quando minha mãe ficou sem nada, perdi horas de sono, preocupada com o futuro. Mas desperdicei também muitas horas com bancos e a última e gentil secretária dela que ainda trabalhava em troca de abajures. Jamais passou pela cabeça de minha mãe que a moça precisasse de dinheiro para viver. Eu que — fora das instituições onde trabalhei — jamais tive secretária, várias vezes paguei do meu bolso o que a secretária me pedia. Ela dizia: "Dona Glica vai ficar sem dinheiro para comprar comida", e eu transferia o que podia, direto da minha conta, pagando os encargos internacionais, para a conta dela.

Depois, passei dias pesquisando e fui à rua para negociar a venda das moedas de ouro que seu falecido marido lhe deixou. Também tentei vender suas coisas no eBay para poder lhe enviar dinheiro. Fiz pesquisa sobre todos os quadros e objetos que ela pretendia vender. Não apenas na Internet, mas contatei pessoalmente leilões, experts em quadros e antiguidades. Enviei dezenas de e-mails, com fotos, a várias pessoas. Perdi um tempo precioso.

Como se isto não bastasse, negociei com um advogado, paguei todas as despesas de cartório e as primeiras parcelas dos seus honorários. Tive que ficar horas explicando tudo a ele, pela mesma razão que precisara explicar as receitas de cozinha à empregada. Depois que ela ofendeu e maltratou o advogado, fui obrigada a apagar o fogo. Mas penso que hoje ele não tem mais a mesma vontade de ajudar que tinha antes.

No final daquele desabafo, escrevi:

"Meu marido suporta o meu cansaço, sem compreender muito bem, pois a mãe dele é uma pessoa simples, que não incomoda nunca; é autossuficiente, serena e madura com os filhos. Uma verdadeira mãe. Não esgota ninguém.

Ontem, ele disse que a nossa 'tornou a normalidade extraordinária'. Que você e eu 'vamos precisar de um treinador para nos habituar à 'qualidade de normal' das pessoas normais.'

Às vezes ele me diz que sente como se os nossos papéis estivessem invertidos. Como se eu fosse a mãe, você o pai, e Glica a nossa filha difícil. Isso é uma grande verdade, mas o fato é que já temos os nossos filhos, a nossa vida, e não estamos a fim de sermos pais de uma pessoa irrefletida desta idade.

Desta vez, estou realmente cansada. Imagine você, até na França! Tão longe dela, justamente para escapar dela. Ninguém acreditaria... Beijos e carinho da sua irmã, Shelly."

Ao reler a carta a Terence, pensei se seria isso o que certos filhos pagam, por deverem a existência às suas mães.

XXIV

Mas as nossas desditas, minhas e de Lauriano, não paravam aí. Além das repreensões habituais geralmente inofensivas, havia também as manifestações de medo excessivo em relação a tudo que nos cercava e um controle exagerado, sobretudo de meus passos. Até o simples ato de fazer uma chapa de pulmão no hotel de um balneário era acompanhado de advertências: "Veja onde entra! Teve uma hóspede que foi importunada por um garçom!".

Comida, vento, pessoas. Tudo era perigoso. Como Ema não estava lá para nos afastar dos perigos do mundo e Louis Adams tampouco, não raro os irmãos de minha mãe eram chamados à casa da titia para ajudar nisso. O que terminava invariavelmente em tapas e lágrimas. Um deles era gentil e carinhoso quando me deixava trocar as marchas e ouvir João Gilberto no rádio da sua Romi-Isetta. Porém, se eu insistisse em voltar fora da hora permitida ele podia transformar-se em prepotente e antipático sentinela de Fayga.

Talvez fosse por essas razões que enquanto moramos com ela e já não dormíamos mais no mesmo quarto (que ficou para mim), Lauriano fechava-se na pequena peça dos fundos que dava para o jardim. Quando não estudava, escrevia ou desenhava, descarregava o humor dele na bateria que ficava no ateliê de titia. Mais tarde, até a tentativa de fazê-lo interessar-se pelo trabalho na indústria Malisère foi em vão.

Não demorou para que, um belo dia, ainda adolescente, meu irmão mudasse para um apartamento no centro da cidade. Não sei porque nunca o visitei naquele estúdio, mas creio que Ema levou um susto quando viu que o seu filho havia forrado as paredes com as fotos petulantes que tirava das "modelos" encontradas na sua nova vida de boêmio precoce na noite paulista. Ela não deve ter se incomodado ao saber que, na idade em que ele estava, já recebia de presente caixas inteiras de uísque de um dos irmãos dela.

Só as andanças e aventuras de Lauriano também dariam um romance. Em São Paulo, Nova York e Londres como aluno de Jerzy Grotowski em teatro; e depois, em São Francisco e Barcelona, já como escritor, brilhante e premiado vice-presidente de uma multinacional americana. Lauriano é o que se pode chamar de um bem-sucedido e apreciado self made man. *Afinal, irmão meu que ele era, não podia ter vida menos romanesca do que a minha.*

Penso que comecei a compreender o que significava a eternidade da cultura e a finitude das pessoas pouco depois de um dos passeios que minha tia, naquela vez sem minha avó, fazia comigo no carrinho. Eu a olhava insistentemente. Ela deve ter se sentido embaraçada pois perguntou: "Berta, o que é?". E então respondi: "Titia, quando você vai morrer?"

No entanto, depois daquelas mortes na família, seria apenas após o desaparecimento de Fayga, quando senti que a minha juventude ficava para trás, que a pergunta voltou, dessa vez de forma adulta, e dirigiu-se a mim mesma: "Berta, quando você vai morrer?" Sei que não sou a única a se questionar assim. É um pouco como se nós os vivos estivéssemos vez por outra, em pensamento, a margear a fronteira que separa as dimensões (contrárias?) da existência e do fim. Talvez até mesmo para compreendê-las melhor. No meu caso, como a minha tia-avó projetava em mim tudo o que era e queria ser, e eu mesma sempre me identifiquei com a forte personalidade dela, a sua morte teria necessariamente que me chamar à realidade e às suas contingências.

Mas, atenção! Não há necessariamente nisso, algo de lúgubre. Não há autocomiseração. Seguir por aquela estreita margem pode nos ajudar também a permanecer melhor ancorados à vida. E, se possível, tentando encontrar o nosso próprio caminho ao invés de passarmos o tempo a cumprir o desejo de outrem. Freud explica, e vamos além.

Hoje, depois de tudo que ela me passou e talvez por causa disso, acredito que tia Fayga reprovaria várias de minhas decisões. Inclusive a de "matar a minha mãe", enfrentando aquela verdade que todos nós encobrimos para poder viver confortável e convenientemente com as pessoas que nos são mais próximas. Isso é bom, pois se não fosse assim com quem eu ainda discutiria horas a fio nos momentos em que estou sozinha? Como quando a ouço repetir o que me dizia:

"Berta, sinto preocupação por você. Você sempre procura a realidade, enxerga demais, não se protege. Vê e assume coisas que as pessoas não querem ver e assumir. Isso te fará sofrer mais do que os outros."

E novamente respondo, olhando a sua foto:

"Sim, mas sei que você sente orgulho de mim."

Enquanto Glica reclamava, bisbilhotava ou palavreava, geralmente pensávamos em outras coisas ou ficávamos olhando em volta. Eu meditava na vez em que veio me visitar na Normandia. Morávamos em Saint-Vaast-la-Hougue. Precisávamos de quarenta minutos de carro até chegar à estação em Cherbourg e mais quase quatro horas de trem para ir a Paris. Nosso velho automóvel, além de apertado, não era seguro para o trajeto.

Mesmo assim, minha mãe exigiu que eu fosse a Paris para buscá-la e viesse de trem junto com ela, ou seja, queria que eu viajasse nove horas, ida e volta, apenas para servir de dama de companhia a alguém que não estava doente e ainda tinha seis anos para chegar aos oitenta. Ficou furiosa quando avisei que ela poderia perfeitamente tomar o trem na estação St. Lazare, em Paris. Estaríamos esperando por ela em Cherbourg para levá-la à nossa casa.

Como era de se esperar, a estadia foi catastrófica: achou ruim tudo que indicávamos como típico na região; considerou que a sidra tinha "gosto de podre", achou "grosseiro" o melhor croque-monsieur que havíamos comido na vida; criou caso com o garçom do nosso restaurante favorito, queixando-se, sem motivo, de que o crepe estava "queimado"; destruiu os suportes da cortina do quarto, puxando o tecido porque não teve paciência de abrir os vidros da janela para fechar a persiana; sem manicure, sem saber cortar as unhas e sem imaginar que lugar de fazer isso é no banheiro, aparou-as no quarto deixando-as cair no chão, longe dela pensar que eu teria que varrer aquilo; reclamava todas as vezes que devia subir e descer os dois andares sem elevador do apartamento.

Mas o pior de tudo foi minha mãe ter trazido com ela o seu "gueto particular". Trancou-se dentro, reproduziu a mesma rotina e não quis ver e viver absolutamente nada do que estivesse fora dele. Enquanto conduzíamos nosso velho e pequeno carro várias horas por dia para que conhecesse as cidades e a natureza, ela, em vez de olhar a paisagem, falava sem parar. Não perguntava, não pedia explicações, não demonstrava qualquer curiosidade ou interesse. Só ficava feliz em voltar, apesar dos dois andares sem elevador, porque poderia tomar seus drinques e assistir à televisão.

Visitou um lugar de sonho, que milhares de pessoas dariam tudo para conhecer, como se não tivesse saído de sua casa e de seu sofá vermelho. Passou os últimos dias emburrada porque eu começava a ficar irritada e foi embora de novo com raiva pelo fato de eu deixá-la ir de trem "sozinha" até Paris.

Na hora em que partiu, senti o mesmo alívio do judeu da anedota que reclamava de sua casa apertada ao rabino. Este o aconselhara a enchê-la com todos os bichos que encontrasse e quando, finalmente, permitiu que o homem os retirasse, o seu lar transformou-se na minha casa de Saint-Vaast-la-Hougue, sem minha mãe: "enorme, calma e agradável!"

XXV

Como na vida excitante e luxuosa na casa da rua Venezuela ninguém se lembrava que, diferentemente de um pequeno, querido e lindo animal doméstico, eu precisasse talvez de um dentista, um médico ou simplesmente de alguns trocados para as minhas necessidades terrenas, para que serviam as minhas joias da gaveta? Sem que ninguém soubesse, vendi todas, uma a uma. Teria vendido mais ainda se as tivesse, àquele joalheiro espertalhão da rua Augusta. E foi apenas para comprar... biquínis.

Talvez porque não tinha um tostão no bolso que eu estava com a cabeça sempre cheia de ideias. Em Guarujá, onde pretendia usar os biquínis — no caso, pode-se dizer, "pagos a preço de ouro" — inventava verdadeiros romances para transformar os ritos previsíveis do dia a dia em aventuras inusitadas. Mesmo bem vigiada por Fayga, tudo aquilo na chamada Pérola do Atlântico que para os demais veranistas não passava de banalidade já servia na minha imaginação para converter as férias em roteiro de filme.

Às janelas dos prédios vizinhos ao nosso Azul Mar, as calçadas da avenida Marechal Deodoro, os passeios à beira-mar pela Pitangueiras até o edifício Sobre as Ondas, o morro do Maluf, as "pedras" (rochedos onde deslizavam tarântulas do tamanho de uma laranja), o bar Atlântico, a lojinha, a "piscina" do Clube da Orla onde à tarde desfilávamos as roupas e os bronzeados, o cassino, o cinema, o ovo com presunto que meu avô preferia à pescada ao molho de camarões do restaurante Monduba, o salão de pingue-pongue e até mesmo o murinho do prédio onde os amigos reuniam-se para conversar. Às vezes eu figurava filmes antigos: o seu Osvaldo, farmacêutico da minha tia, por exemplo, contava que a cantora Bidu Sayão sempre vinha de charrete da praia de Perequê para visitar Santos Dumont no velho Grande Hotel. Para ele, mesmo que o falatório fosse outro, "certamente havia algo entre eles".

E assim era não apenas em Guarujá e Campos do Jordão. Mesmo nas viagens, como aquela que fiz à Salvador com um grupo da escola, só o fato de dormir no quarto onde — diziam — suicidara-se o célebre pintor primitivo Raimundo de Oliveira, bastava para carregar de significado a minha primeira descoberta da Bahia. Não me admira que para o aniversário de meus quinze anos minha tia me ofereceu uma pequena Olivetti, que fui buscar junto com o senhor Emílio no setor de atacados da própria fábrica. Ainda assim, em lugar de ir para o papel as aventuras continuavam na minha fantasia.

Apenas na escola, onde — exceto desmaiar uma vez no corredor — nunca consegui descobrir nenhum apelo cinematográfico ou literário, quem fazia o romance eram os outros. Inclusive meus pais. Apesar de ausentes.

Glica continuava a falar, olhávamos em volta. Sempre que íamos visitá-la, e também quando nos despedíamos e já nos encontrávamos longe de lá, nos sentíamos impregnados por uma pesada energia que remanescia vários dias. Não por esta razão, mas porque em algum momento eu estava num dilema, não lembro qual, uma amiga indicou-me um médium que, segundo ela, "acertava tudo". Marquei hora com o rapaz, que aliás, também trabalhava para a polícia em casos de crimes insolúveis.

O médium morava e trabalhava no sobrado de um bairro pobre de São Paulo. Tinha uma espécie de consultório bastante simples e atendia atrás de uma escrivaninha. Sentei-me em frente e no instante em que comecei a explicar a minha necessidade de escolher entre duas saídas para o mesmo problema, ele deu um salto e foi para o meio da sala.

"Venha aqui! Estou sentindo uma energia horrível em você!"

Depois de gesticular muito, como se tirasse alguma coisa do meu corpo, e entrar numa espécie de transe por alguns minutos, ele deu uns gritos, suspirou, sacudiu a cabeça como num despertar, voltou à escrivaninha e fez um gesto para eu me sentar. Verdade que eu nunca me senti tão leve, mas acho que estava sugestionada. Ele perguntou:

"Você sabe quem é que está passando esse peso pra você?"

"Talvez..."

"Você veio de Paris. Está na casa de algum familiar?

"Sim."

"As lâmpadas costumam estourar na sua casa em Paris?"

"Sim."

"Você se dá bem com a sua mãe?"

"Por que pergunta?"

"Porque é a sua mãe que passa essa energia ruim para você. E é tão ruim, que você a recebe até do outro lado do oceano."

"Mas ela é minha mãe..."

"Isso não quer dizer nada."

No final da consulta, o médium me receitou água de cheiro de Alfazema, sugeriu que eu fizesse fricção com sal grosso no banho ou chuveiro, me disse para deixar carvão dentro da água e evitar passar sob o Arco do Triunfo porque ele estava "prevendo um atentado terrorista em Paris".

Mesmo sem ser Bidu Sayão, os retratos fotográficos da "diva" nossa mãe, continuavam em todas as peças do apartamento. Lembrei de quando o decote ficou na moda e ela, com mais de setenta anos, vestiu uma roupa decotada mostrando parte dos seios. Isso me chocou. Eu mesma, vinte anos mais jovem, não gostava de me expor à vulgaridade. Perguntei aonde ia vestida daquela maneira, ela respondeu:

"A um curso. Estou a fim de encontrar pessoas. Por quê? Você acha que a minha roupa não é apropriada?"

Michel, amigo francês de juventude que tinha uma queda por mim, contou-me que ao entrar na casa dela, não lembro em qual, ficou muito impressionado. "Tudo que está lá, além da coleção de objetos", disse ele, "se refere à sua mãe." Contou que "as paredes, por exemplo, estão forradas de seus retratos. Todos um pouco teatrais, um mais terrível do que o outro. Em um deles, parece uma harpia". Ele perguntou à Glica se continuava a receber amigos e ela respondeu:

"Raramente. Só gosto de quem me admira."

"É, isso restringe bastante", respondeu o meu amigo.

O mesmo Michel, Glica encontrou numa exposição em Paris. Não sei se por acaso ou porque o procurou, uma vez que costumava ir em busca de todos os meus amigos, sem que estes entendessem o motivo. Afinal, não é porque gostavam da minha pessoa que eles tinham a obrigação de se relacionar com alguém que não escolheram, apenas pelo fato de ela ser minha mãe. Mas como para ela tudo lhe é devido sem que precise haver uma razão, ora Glica os convidava em sua casa, ora telefonava quando estava de passagem nas cidades deles. Alguns me diziam que, embora não tivesse nada a ver com eles, muito menos em idade, ela dava a impressão de achar que, como era minha mãe, tinha o direito de impor a sua presença, com a certeza de que eles a adorariam. Deve ser também por essa razão que nunca tive algum amigo que gostasse de minha mãe.

Com Michel, ela própria fez questão de me relatar o ocorrido: na exposição, perguntou-lhe "se ele achava que eu continuava bonita". Pergunta inútil, à qual os franceses não estão habituados e que se a mãe de alguma amiga me fizesse eu teria vontade de responder "sim, ela continua bonita e você continua uma imbecil". Glica contou que o meu amigo, que é bem educado, só "fez um muxoxo e mudou de assunto". Até hoje, não sei se ela me contou isso por maldade para que eu pensasse que fiquei feia ou se foi somente a sua usual falta de tato. Ou os dois.

XXVI

Ema tentava reconstruir a vida dela, como sempre, longe de nós; seus irmãos mais novos — entre noivas, namoradas, Vespas e Romi-Isettas — ainda procuravam pela identidade deles; Lauriano, criança, mesmo se igualmente não soubesse quem era, aos bons entendedores já revelava o que não queria ser; e vovô Isaac, quando não trabalhava na indústria Malisère, ocupava-se em: primeiro fundar, depois dirigir e por último levar a efeito, como diretor-tesoureiro, as contas do Museu de Arte Moderna de São Paulo.

"Fáááy-ga!" Era assim que meu avô chamava a cunhada, ainda da porta, ao chegar em casa para almoçar e ver os netos. Consistia numa espécie de melodia carinhosa cujo tom e primeira sílaba alongada nunca esqueci. Mesmo já doente, ele trabalhava pela manhã e voltava para o almoço. Houvessem ou não convidados, Fayga estava sempre fresca e perfumada da ducha com que invariavelmente terminava a sua manhã de leitura.

Antes de entrar na sala de almoço, Isaac sempre lavava as mãos no lavabo social de mármore que ficava perto da porta principal, à direita do compartimento destinado ao telefone. Nessa peça, com uma pequena janela que dava para o caminho que cortava o jardim para levar à garagem, junto com a chapeleira e o porta-mantôs, aconteciam muitas histórias, notícias, choros, alegrias, encomendas à quitanda e brigas.

Quando mamãe nos abandonou, vovô pediu à cunhada para deixar o seu pequeno apartamento e vir morar na mansão a fim de ajudá-lo a nos criar. Ela não hesitou, quando ele lhe anunciou que montaria um pequeno estúdio onde ela pudesse pintar e fazer seus tapetes. E, pouco tempo depois, quando ele também faleceu — e os seus sobrinhos o substituíram na indústria "Malisère" para sustentá-la assim como a nossa mãe — Fayga continuou lá por vários anos. Até que eles, Ema inclusive, vendessem a fábrica, a mansão, a coleção, dilapidassem inteiramente o patrimônio, e titia fosse obrigada, mesmo enferma, a voltar ao pequeno apartamento de antes.

Mamãe tocou a sineta, quis o andador e ajuda da Olga para ir ao banheiro. Terence olhou o relógio e tirou o celular do bolso. Eu dirigi-me à janela e fiquei observando as torres vizinhas.

Ver a minha mãe, assim diminuída, não me impedia de pensar em seus tempos de sedução e aventuras, das quais me fazia confidente. No começo, eu achava normal, depois compreendi que essa cumplicidade era imprópria e malsã da parte de uma mãe, fosse a sua idade avançada ou não. Um filho não é um amigo.

Na época em que, ao contrário, já deveria aceitar-se como idosa, é bem possível que a amiga psicóloga, cúmplice ninfomaníaca a influenciasse. Tratava-se de outra decotada, mas especialmente obcecada por caminhoneiros, moça que eu sempre via em sua casa e até mesmo me indicara uma pousada em Fernando de Noronha. Na ilha, segundo me contou a proprietária, a psicóloga trocava sessões de terapia por diárias na hospedaria e dormia com metade da população.

Mesmo os maridos de algumas amigas minhas em São Paulo, eram solicitados pela insaciável, mais uma das estranhas frequentações de "Madame Verdurin"[8], minha mãe. Posso entender por que motivo o nosso primo médico dizia:

"A sociedade de sua mãe é um pavor. Nunca soube escolher amigos. Detesto ir às festas dela."

Ele tinha razão, mas penso que a "sociedade" mundana e pavorosa de minha mãe não era muito diferente dela. Na verdade, sempre foi o seu próprio espelho.

[8] Madame Verdurin é uma das personagens de *Em Busca do Tempo Perdido,* de Marcel Proust. Em seu salão no Quai de Conti, em Paris, ela tenta juntar em torno de si um grupo de "fiéis" aos quais impõe os seus gostos artísticos, mas dos quais ela também quer conhecer e dirigir a vida sentimental. Com seus sorrisos, caretas e comentários incultos, Verdurin é o arquétipo da média burguesia parisiense estúpida, pretensiosa e maldosa.

Já a lembrança do acontecido com Michel, me fez pensar também na ocasião em que Glica telefonara ao célebre filósofo Paul Perdrillard, meu melhor amigo, em Paris. Queria "marcar uma hora para conhecê-lo." Paul e eu ficamos amigos, quando organizei um evento cultural e o convidei. Desde então, nunca mais nos separamos e ele foi, inclusive, testemunha do meu terceiro casamento.

Paul estranhou o telefonema dela, desculpou-se e avisou que teria apenas quinze minutos para recebê-la. Glica tocou a campainha, sentou-se no sofá, trocaram poucas palavras, ele olhou o relógio de pulso e, gentilmente, a acompanhou até a porta.

Depois, imaginando que minha mãe tivesse se queixado pela brevidade do encontro — de fato, ela se lamentou bastante — o meu amigo me disse que não tinha entendido o que ela fora fazer lá. Eu lhe expliquei que mamãe era uma pessoa superprotegida e ociosa, trabalhava apenas o suficiente para não correr o perigo de se cansar, bastava que se falasse dela, e fazia essas visitas para se ocupar, por esnobismo, por mundana veleidade como sempre, só para ficar amiga dos meus amigos por tabela. Além de que devia admirar o que ele escrevia, claro.

Perdrillard riu muito com essa longa descrição e disse:

"O que aproxima as pessoas é justamente o trabalho. Foi assim que nós dois nos conhecemos. Além de querer os seus amigos e 'agarrar' a sua vida porque provavelmente não está satisfeita com a dela, a sua mãe talvez seja um pouco masoquista, também goste de criar situações propositais para ser humilhada e depois poder se lamuriar enquanto vítima, dizendo 'veja como fui maltratada.'"

Exatamente isso. Quantos vexames Glica sofreu por causa desse tipo de comportamento. Passou a vida armando situações ideais para receber desfeitas, como quando enviava livros e desenhos seus para bajular e não obtinha resposta, ou quando se apresentou a um grande músico que convidei para um evento, dizendo que era minha mãe, e ele perguntou o que ela queria.

Na época em que morava num hotel em Londres, antes de mudar para a casa perto de Cheyne Walk, por exemplo, ela soube que o importante "semiólogo do momento" estava hospedado lá. Soube mais: naquela noite ele organizava uma festinha para amigos em sua suíte. Elegante como sempre, mamãe arrumou-se, perfumou-se, enfeitou-se com uma das dezenas de bijuterias divinas que colecionava, mas agora estão nas 27 gavetas do meu pequeno móvel, e bateu na porta dele. A sumidade em pessoa a abriu. Seus amigos no fundo da suíte, já de copo na mão, silenciaram para ouvir. Ela disse:

"Boa noite, meu nome é Glica Preisner. Sou brasileira e artista. Estou aqui no hotel e gostaria muito de participar de sua festa."

"Sinto muito, não a conheço e neste momento não tenho a intenção de conhecer", respondeu o emérito *philosophiae doctor* que, em seguida, fechou a porta na cara de minha mãe. Ela voltou ao seu quarto, ouvindo as risadas dos convivas, e pôde autocomiserar-se posando de vítima mais uma vez.

XXVII

Na casa da rua Venezuela, Fayga costumava ler no sofá de veludo verde, circundado por estantes e encimado por um grande óleo de Chagall que tinha sido adquirido por meus avós do próprio artista. À tarde, o mesmo sofá servia para ela tirar uma soneca. E era nele que titia subia com os pés descalços quando queria alcançar um volume de arte bizantina, uma escultura africana, um número da revista L'Oeil ou um livro da inesquecível coleção Gallimard com a capa em tons pastel desenhada por Mário Prassinos. De vez em quando, eu vinha me fazer afagar debaixo das suas "asas", talvez menos por interesse pela cultura ou falta de carinho, do que por simples curiosidade. Apenas queria saber que imagens olhava com tanto interesse...

Da grande poltrona na qual geralmente eu me sentava — sob a tela Cartão Postal de Tarsila que eu adorava por causa dos macaquinhos e do Pão de Açúcar —, a pilha de livros sobre a mesinha sempre interpunham-se ao meu olhar obrigando-me a entortar o pescoço se, além de ouvi-la, eu também quisesse ver a sua expressão.

Que mãos lindas, fortes e laboriosas ela tinha! Não me admira que não gostasse de anéis. Além de detestar "aqueles diamantes ostentados pelas milionárias gênero árvores-de-natal", anéis não combinavam com mãos operárias. Mãos de artista para a pintura, exímia quituteira na cozinha, artesã para o tricô, o crochê, os bordados e também os tapetes que tecia quando não pintava. Ainda hoje possuo dois xales, toalhas e um lindo e pequeno "Arraiolo" em tons de azul inteiramente manufaturados pela minha tia. Mamãe nunca soube pregar um botão.

Tia Fayga era uma pessoa bela sem ser bonita, culta, generosa, com a sabedoria de vida e alma humanas que a sobrinha Ema nunca teve. Enquanto fazia tudo para apaziguar as pessoas da família entre si e criar união, a sobrinha só criava conflitos querendo separá-las. Ao contrário de minha mãe, titia não exibia a sua cultura, não sabia o que era orgulho, jamais deu-se ares de superioridade. Não fazia outra coisa senão passar, modestamente, o conhecimento e as reflexões dela à toda a família, aos amigos e sobretudo a mim, sua sobrinha-neta que ela via um pouco como sua "continuação". Mesmo que Lauriano não a veja como eu, não guarde as mesmas lembranças e sinta que a tia-avó o tratava com certa indiferença, para mim ela, sim, havia entendido o verdadeiro sentido da "transmissão", cultivado de forma tão peculiar na cultura e civilização judaicas.

Morreu aos 94 anos, no pequeno apartamento de antes, como um passarinho. Seu coração que já estava frágil, parou enquanto dormia. Não sabemos se foi morte natural ou se o médico da família, que a adorava, julgou inevitável abreviar o seu sofrimento. Fayga me faz falta até hoje.

É diferente o que sinto agora, a caminho do velório no residencial sênior da Baía Biscayne. A dimensão da perda de um ente querido, afinal, é sempre proporcional, em intensidade e em duração, ao que ganhamos dele na vida. Se neste momento a falta não é a mesma, um ganho pelo menos é certo: o da nossa liberdade. À tristeza que experimentamos, se junta uma grande sensação de alívio.

Glica enumerava:

"O contador, ah esse me adora!"

"A enfermeira do horrível Dr. Jimmy disse que eu sou a mulher mais elegante que ela conhece..."

"Imagine, jamais pedi orçamento. Para mim esse advogado trabalharia de graça!"

"Sabe que me pararam no shopping para me dizer como eu estava chique e perguntar onde comprei a minha roupa?"

"O fisioterapeuta? Nossa, me ama tanto que trabalha grátis. É muito mais prestativo do que os meus próprios filhos!"

"A manicure tem paixão por mim."

"O Norberto e a Célia, fazem questão de me convidar. Vocês sabem, fico só cinco minutos. Mas ele larga até as visitas para me levar de volta para casa e ela ainda me faz uma quentinha com o jantar! Eles me amam!"

"Eu não uso Uber. Mas se vocês precisarem de um chofer de táxi tenho um que faria qualquer coisa por mim."

Faltava quinze minutos para às três e nada de nossa mãe dizer o que queria de nós. Olga serviu o almoço de cara amarrada porque a patroa esquecera de chamá-la, mesmo sabendo que a empregada precisava ir ao correio antes das quatro horas, para que o presente de aniversário que queria enviar à filha partisse ao Brasil ainda naquele dia.

De tanto requentar a carne, o molho reduziu e o prato ficou salgado. Engolimos, sem comentar. Quando íamos comer na casa de nossa mãe, era obrigatório: tínhamos que elogiar o apartamento, exaltar os arranjos de flores, dizer como ela estava bonita, bem vestida, louvar três, quatro, cinco vezes a comida e ainda assim não era suficiente. Quando não dizia que o prato estava um lixo, ela mesma repetia "como está bom" dúzias de vezes. Uma vez eu sussurrei, para a Olga não ouvir, que algo ficara apimentado demais e foi um drama. Como se eu tivesse agredido minha mãe fisicamente. Terminou o almoço emburrada como se a comida tivesse sido feita por ela, e não pela cozinheira.

XXVIII

Passei a adolescência inteira ao lado de titia, naquela mansão de sonho onde ela me mimava, certamente para compensar o abandono de meus pais.

O meu quarto de estudos que servia também de closet, *onde ela guardava roupas e acessórios, ficava colado ao meu dormitório, ambos dando para a rua.*

De vez em quando ia visitar minha prima Jeanine, de quem eu gostava muito. Mais experiente e desembaraçada do que eu, tinha sempre algo engraçado para contar. Além de que, quanto mais crescia, mais as suas lindas roupas iam passando para mim. Ia, porém, com medo de encontrar o pai dela que, enquanto eu cruzava os braços para me defender, sempre ameaçava me beliscar, dizendo:

"E os tsitseles[9]? Já cresceram?"

---

[9] Tsitses, em ídiche: seios ou bolotas de passamanaria nas roupas de baixo vestidas pelos judeus ortodoxos.

Aquilo me traumatizou. Hoje, ele seria acusado de assédio e condenado. A atriz e escritora Isabelle Carré, de quem aliás não sou fã, contou exatamente a mesma violência em livro. O #MeToo dela sobre o sujeito que agarrou os seus seios quando ela tinha doze anos dizendo "Isto cresce! Isto cresce!" saiu em todos os jornais franceses.

De minha parte, passei a juventude, envergonhada, escondendo o peito. Jeanine talvez tenha resolvido casar cedo apenas para fugir do pai que, em princípio, é claro, foi contra e depois teve que aceitar.

Várias semanas antes da festa de casamento fui diligentemente preparada por Fayga com dieta de emagrecimento, aulas de etiqueta, longas sessões de bronzeamento no terraço da rua Venezuela e três provas do vestido bege e rosa bordado à mão pela Dona Lúcia no seu salão de costura da avenida Cidade Jardim. Justo eu que odiava (e odeio até hoje) experimentar roupa, me estatelar como um lagarto ao sol, seguir regras de etiqueta e fazer regime. E que, sobretudo, detestava ser apresentada como o "objeto precioso", a sobrinha predileta, o "galho da cepa Kreisler", a continuação, enfim, de "dame" Fayga. No fundo, para a minha tia-avó, por causa talvez da reduzida diferença de idade entre minha mãe e eu, éramos consideradas indiferentemente como sobrinhas sendo que a mim, mais "neta" do que sobrinha, cabiam responsabilidades das quais Ema, feliz ou infelizmente, havia escapado.

Na hora do café, feito por Terence pois Olga saíra correndo para não perder a remessa postal, mamãe, em vez de falar por que nos chamara, perguntou o que ele achava do seu romance *A Vida no Abismo*. Não perguntou a mim porque sabe que eu não gosto do que ela escreve, julgo os seus métodos desonestos e também não considero escritos por nossa mãe livros reescritos por outras pessoas, uma vez que ela não tem paciência de trabalhar suas frases, não conhece as regras elementares de ortografia e gramática e tem até mesmo preguiça de consultar o dicionário. Terence respondeu:

"Mas, mãe, esse é um livro de cinco anos atrás, por que está perguntando isso agora?"

"Porque você você nunca disse o que achava."

Terence, que também não gosta do que ela escreve, provavelmente nem se lembrava mais do enredo. Eu lembro perfeitamente, ela o dedicou a nós. E não é para menos. Esse livro, cujo título não tem absolutamente nada a ver com o enredo, é uma ficção baseada em uma história real a qual eu dera a ela a oportunidade de viver, convidando-a à casa de meus ex-sogros perto de Bordeaux. Minha mãe, que vi tomar notas num caderno, a escreveu traiçoeira e oportunisticamente nas minhas costas, sem me dizer que fazia isto. Ou seja, os personagens (que pertenceram à minha vida e não à dela) são inventados em um terço, sendo que o segundo terço ela não se preocupou em esconder, e o último terço nem ao menos conhece. Explicando melhor, certos fatos não foram transformados. São incompletos, apenas acrescidos de coisas inventadas.

O casal de personagens verdadeiros (meus ex-sogros) já morreram, mas deixaram os tais filhos do romance que estão bem vivos e não ficariam nada felizes se o lessem, pois apesar de o livro pretender ser uma ficção — restam fatos, descrições e situações reais que são irrefutáveis. Ela não teve sequer o cuidado de mudar o nome dos velhos. Fazer isso com a própria família é uma coisa. Aprontar essa com familiares de um genro, sem conhecê-los de verdade, às escondidas, é outra. É realmente preciso ser muito finório e mau-caráter.

Nunca comentei com meu irmão, mas até a ridícula invenção de um país chamado "Tênia" (por que não simplesmente Angola, Sudão ou Tanzânia em vez do nome de um parasita intestinal?) serve mais como pista do que meio de encobrir o fato de que meus sogros, um casal de médicos, viveu efetivamente no Quênia.

Do ponto de vista literário, embora eu não seja crítica nessa área, o livro não tem nem mesmo os defeitos de suas qualidades, o que poderia se dar em igual, ou maior proporção. Por exemplo, se fosse intuitivo e figurado, por isso seria pouco rigoroso, como de fato é. Tanto quanto se revelasse imaginativo, isso explicaria porque é tão superficial e excessivo. Em tão grande quantidade estivesse cheio de detalhes, seria essa a razão de ele ser pobre em humor e distanciamento. Alcançasse ele leveza no estilo, estaria justificado talvez porque é tão pesado na extravagância. Na verdade, nesse livro aparatoso de minha mãe, quanto mais a narrativa pretende o absurdo, mais as situações são apenas implausíveis e forçadas.

Como em tudo que se relaciona à ela, terminei *A Vida no Abismo* sem ter encontrado sentido, sem ter tirado nenhuma lição, sem ter sido surpreendida. Glica é uma "contadora" que preenche os vazios como quem faz uma salada com ingredientes demais. Como se, igual à sua autobiografia que ela publica e republica no Facebook, fosse necessário exibir além do necessário.

Se a nossa mãe requentasse os seus textos como Olga faz com a carne, talvez ficassem mais enxutos. Quando ela escreve, o molho afoga os propósitos e à receita falta mais trabalho, depuração e profundidade. A tagarelice — e muitas vezes, a inutilidade e a frivolidade — das narrativas estraga o pouco de reflexão filosófica que provavelmente ela se esforça em desenvolver.

Um dia, talvez, conversarei com Terence também sobre a sua negligência e desonestidade. São o que mais me incomoda no que ela escreve: citações órfãs de autor imiscuídas ali de maneira ambígua como se fossem realmente do personagem que fala (ou pensa); rupturas de estilo, pelas quais percebem-se igualmente inúmeras "citações" sem que sejam nomeadas. Precisamos adivinhar, por exemplo, que "Fernando P." é Fernando Pessoa (Bernardo Soares) no *Livro do Desassossego*. Por que ela não cita o poeta, o heterônimo e a obra?

Nesse livro, lembro que mamãe colocou um trecho de Nietzsche em *Assim falava Zaratustra*. Mas por quê o filósofo (citado em outro momento) não é citado nesse trecho? Será que ela pensa que em romance tudo é permitido, que as obras alheias são propriedade dela, que o leitor pode confundir Glica Preisner com Friedrich Nietzsche e... tudo bem?

Enfim, acho que *A Vida no Abismo* é o retrato perfeito de minha mãe.

Terence respondeu de maneira delicada, diplomática, bastante geral, para que ela não se sentisse ofendida. Já eu, só fiz este pequeno comentário:

"Quando você escreve, mamãe, nunca se sabe quem pergunta e quem responde. Vamos fazer de conta agora que estamos nos seus livros: ninguém sabe quem perguntou e quem respondeu. Então, sobre esse assunto ficamos assim e mudamos pra outro, tá bom?"

XXIX

Na parte de cima da casa, os quartos e o banheiro exalavam Arpège de Lanvin, perfume que a minha tia ainda não tinha trocado por Chamade de Guerlain e os seus passos de uma peça à outra provocavam um suave farfalhar de sedas que eu ouvia enquanto espetava um broche no meu vestido "estilo Dior". Antes de descer, ela passou pelo meu quarto:

"Você está linda. Não demore, Berta!"

Eu sabia que titia queria me apresentar aos seus amigos e me exibir com orgulho como se eu fosse um jarrão de porcelana chinesa ou mais um de seus bordados e pinturas. Aos quinze anos, isso me incomodava bastante. Escovei os cabelos, com uma fita fiz um apanhado no alto da cabeça deixando o resto dos cachos caírem sobre os ombros "à la Brigitte" como eu costumava dizer, enfiei uma sandália de salto prateada e, antes de descer, escrevi rapidamente em meu diário:

"Tenho um caráter tremendamente revoltado, não sei porque. Estou cheia de defeitos. Procurarei corrigir-me embora eu deteste obedecer — o que já é outro defeito. Mas como estou cansada de ouvir sermões, apesar de que isso seja contra o meu sentido de independência, vou fazer tudo o que quiserem... Sou forte. Completamente o contrário de mamãe que é a fragileza[10] em pessoa. Sinto-me infinitamente superior a essas crianças sem uma ideia mais séria ou modo de pensar. Minhas amigas não têm um ideal na vida, a não ser casar e ter filhos. Já estou farta desta vida fútil e vazia. Tentarei fazer uma vida interior mais intensa. Acho que já passei

---

[10] *No meu diário de 1962/1963. Deve ser lido "fragilidade".*

a idade de fanatismos por rapazes e por esta sociedade ignóbil. Tanto que nestas páginas só há rapazes, rapazes e rapazes. Mais ainda: não há aqui neste diário uma só palavra inteligente ou construtiva. Repito, estou farta disso tudo. Já resolvi como será a minha vida agora e depois irei para a Europa e talvez vá morar lá. Lá eu teria mais ânimo e razão para viver. Aqui não encontro isso. Estou decidida a aprender o inglês, o italiano e o francês perfeitos. Assim eu me darei bem por lá. Meu Deus, o que eu não quero neste mundo?"

Por sorte, o assunto *A Vida no Abismo* foi esquecido rapidamente. Mamãe mudou de tema, enquanto eu lembrava da anedota de quando Terence, para o meu primeiro livro, sugeriu um título que amei e com o qual me identifiquei totalmente: *A Vida São os Outros*. Minha amiga Dorothée, que também adorou esse título e conhece Glica Preisner quase tanto quanto nós, prognosticou: "a sua mãe não vai gostar".

Dito e feito. Contei-lhe e ela respondeu:

"Que título ruim! A vida não são os outros!!!"

"Bingo!" pensei, rindo muito.

Mamãe alterou o objeto da conversa, mas retomou o tópico de sempre. Começou a falar de sua saúde, suas dores, seus remédios e médicos. Insultou os que estavam mais preocupados em ser competentes do que simpáticos, falou mal das assistentes e enfermeiras, demoliu laboratórios, elogiou o jovem médico inexperiente que a tinha "tratado como uma rainha", decidiu que era "com ele que iria ficar". Largaria o "horrível Dr. Jimmy", que "só servia para passar receitas".

O horrível Dr. Jimmy, que um dia Terence precisou consultar, recusou-se a marcar a visita por causa das mentiras escabrosas que ela, para se fazer de vítima, contou a ele sobre nós. Se pensarmos bem, todos os desentendimentos que acontecem são constantemente causados direta ou indiretamente pelo comportamento de nossa mãe que, conscientemente ou não, coloca uns contra os outros. Como me disse o querido amigo psicanalista, "depois que a sua mãe não estiver mais aqui, não haverá mais problemas entre os membros de sua família." Penso que ele tem razão. Mas o estrago terá sido irreversível.

Eu me perguntava para o que lhe serviram tantos anos de psicanálise. Ela enrolou e sustentou sem trégua psicanalistas caríssimos. Não me lembro de um só momento em que não estivesse em "análise". Viveu histórias indecorosas com alguns charlatães e transferências apaixonadas com outros. Enganava-os, sempre com o reforço deles mesmos.

Se algum fosse psicanalista honesto teria lhe mostrado a porta, como vi os grandes fazerem na França. Recusaria análise, não porque ela quereria ludibriar mas porque "paciente enganador não tem cura; jamais mudará, embroma a si mesmo", como dizia François Roustang, terapeuta íntegro que acreditava em terapias curtas e jamais aceitou pacientes assim.

Ao último dos seus charlatães, ela prometeu deixar a sua biblioteca inteira sobre psicanálise e biografias, sem perguntar a seus filhos ou netos se esta lhes interessava. E ele aceitou! Com médicos, dentistas e fisioterapeutas fazia a mesma coisa. Isso quando não acertava o escambo de exames por quadros ou oferecia presentes valiosos. Do meu irmão ela ficou fiadora no Mappin, mas ao profissional que lhe fazia fisioterapia pagou a entrada de sua casa porque ele estava para se casar. Chegou a compensar o dentista com obras de arte, sem verificar se os valores eram condizentes e sem perguntar se ele estava de acordo.

Minha mãe pagava clínicos gerais para visitas domiciliares mesmo se pudesse perfeitamente sair de casa. Consultava com grande frequência os maiores especialistas, apesar de o generalista lhe dizer que não era necessário. Trocava de profissionais da saúde como quem troca de sapatos, sobretudo se lhe dissessem o que ela não queria ouvir. Além de que não obedecia os tratamentos, às vezes jogando os comprimidos na cara da Olga quando esta insistia para que os tomasse. Glica respondeu feio e saiu batendo a porta na clínica dentária de Miami porque "a sala de espera estava cheia de bugres" e a dentista deixou cair um pouco de água na sua roupa.

Minha mãe é uma espécie de Argan de saias, o doente imaginário de Molière. "Hipocondríaca incorrigível", segundo o nosso primeiro médico de Nova York. Acho que teria sido até mesmo capaz de me induzir a casar com um médico, só para obter consultas diárias gratuitas e depois poder reclamar do genro.

XXX

Quando completei dezesseis anos, titia me ofereceu um bilhete para visitar minha mãe em Nova York. Creio que Fayga estava mais interessada em fazer Ema assumir as suas responsabilidades do que compensar a falta que eu sentia dela.

O apartamento de mamãe em Nova York tinha um cheiro delicioso de roupa nova que eu associaria para sempre àquela cidade. Desde que a minha tia me fizera obedecer à regra de "sentar dois minutos calmamente, antes de sair de casa, para pensar se não esqueci alguma coisa" tinham se passado mais de 24 horas e eu mal podia acreditar que estava lá! Já no trajeto do aeroporto eu "observava os Estados Unidos" com os olhos arregalados enquanto contava à minha mãe como fomos parar na República Dominicana por causa daquela pane no avião. Ela não escondia o desespero que foi permanecer todo aquele tempo sem saber onde eu me encontrava e ainda enxugava as lágrimas quando atravessamos a Quinta Avenida para entrar na rua 51, entre a Lexington e a Terceira, onde ficava o seu prédio.

No instante em que estacionou o carro, olhei para cima e vi Lauriano acenando da janela. "Faz horas que ele não sai de lá, disse Ema". A alegria de rever o meu irmão era maior do que a de viajar a um país estrangeiro pela primeira vez. Ele veio correndo ao nosso encontro e, à medida que eu desfazia a mala e ia pendurando as roupas no armário aquecido e atapetado do corredor, ele — que normalmente propendia a ser taciturno e introvertido — falava sem parar. Embora a sua experiência se resumisse à Milford e mais precisamente à escola onde estava internado, Lauriano mostrava-se excitado com a ideia de me dar a conhecer a cidade e os hábitos daquele país que ele parecia entender certamente melhor do que a nossa mãe.

Naquele momento exato começou a nevar. Creio que o arrebatamento que me causou a visão dos arranha-céus sob a neve, junto com o meu irmão, naquela mesma janela onde me esperou, só se compara aos doces momentos da infância que passamos lendo e conversando em nossas redes, debaixo das árvores da "chácara do telhado amarelo", perto do Golfe Clube.

Nova York tinha sobre mim o mesmo efeito da bola de cristal com a qual Mané Katz, amigo de meus avós, fizera o meu retrato. Pura felicidade e exaltação! Mescla de inquestionável fascínio com apreensão, uma espécie de desejo abstrato e impaciente que eu não conseguia discernir e que me causava até mesmo desconforto. Eu seria capaz de mergulhar e divagar infinitamente naquela paisagem urbana de sonho à procura das estórias que imaginava existir dentro de cada janela que para mim nada mais era do que uma bolha de luz!

Naturalmente, as nossas aventuras turísticas não escaparam à regra. Mas algumas coisas me marcaram especialmente talvez porque não fossem turísticas. Acompanhar a minha mãe a H.L. Purdy, onde ela mandava fazer os seus óculos, por exemplo. Foi lá que descobri como o formato dos aros era capaz de modificar um rosto e porque os Ray-Ban iam tão bem ao meu pai, como naquela foto dos anos 1950 onde ele estava com a minha mãe num Buick conversível.

Tentei imaginar a forma diabólica dos óculos de Lyndon B. Johnson que esquentava de vez a guerra fria do Vietnã, iniciada nos mesmos anos. Eu que adorava Kennedy, como é que podia suportar o nariz de batata belicosa daquele L.B.J. que o substituía depois do horrível assassinato do qual fiquei sabendo quando estava no cabeleireiro com a tia Fayga? E enquanto Ema experimentava as armações de tartaruga, eu lembrava da foto de Jean-Paul Sartre no jornal poucos meses antes, quando ele ganhara o prêmio Nobel. "Deviam inventar óculos especiais para vesgos...", pensei.

O restaurante King of the Sea também me marcou. Não tanto por causa do avental que os garçons enfiavam nos clientes e dos enormes e vermelhos caranguejos e lagostas que serviam, mas pelo que aconteceu naquela noite.

Com a sua habitual "cumplicidade" e também para que nos preocupássemos, Ema nos contava como costumava desmaiar na rua, explicando o que era a hipoglicemia descoberta pelo médico americano, coisa da qual só se sarava comendo proteína. "Jamais doces", dizia ela, quando ouvimos um burburinho. Era Ravelstein, o próprio Herszek Ravelstein em pessoa, um dos maiores violinistas do século, que atravessava o salão com a mulher dele, Bela Ravelstein, dirigindo-se à mesa... vizinha à nossa!

Foi a primeira e última vez que acompanhei com os olhos cada bocadinho de comida que uma pessoa levava à boca. Não era para menos. Jamais tal celebridade havia comido a dois passos do meu garfo.

Por ironia do destino, vinte anos depois, quando a já viúva Bela esteve no Brasil, fui membro instituidor da Fundação Ravelstein sendo que, na festa oferecida pelo seu presidente, Fayga e ela tornaram-se grandes amigas. Corresponderam-se e minha tia chegou a frequentar o seu famoso salão mundano da avenida Foch em Paris, aonde iam, entre outros, Marcel Pagnol, o barão Guy de Rothschild, Chagall, Picasso, Poulenc e Jean-Louis Barrault.

Trinta anos depois de eu ter fixado o músico comendo lagosta com aquele rosto de anjo velhinho e guloso, tive a infelicidade de ouvir a sua

filha Neva, pintora abstracionista que empregava apenas o preto e o branco,
importunar o meu terceiro marido que — frustrada por não tê-lo conseguido
como amante — ela tomou como confidente para contar o quanto sofrera
os assédios de Herszek Ravelstein, o pai incestuoso. Aquele velhinho com
rosto de anjo, um dos maiores violinistas do século, quem diria...

Estávamos ansiosos por sair dali, respirar o ar da rua e voltar ao *flat*. Lembrei que precisava tomar o meu remédio e levantei. Mamãe perguntou:

"Aonde vai?"

"Buscar um copo d'água."

"Fique aí, que eu chamo a Olga", ordenou.

"Não precisa incomodá-la, eu vou buscar", respondi.

"Não incomoda nada. Ela é paga pra isso!", retrucou. E começou a tocar a sineta. "Que remédio é esse que você está tomando?"

"Por que quer saber? É para o estômago."

"Ah, me dá o nome. Quem sabe seja bom também para mim."

Como sempre, minha mãe não perguntou o que eu tinha e por que eu tomava remédio, mas que remédio eu tomava. Isso me recorda a vez em que foi visitar uma amiga no hospital e ficou cinco minutos. Perguntou como ela estava se sentindo, se gostou do médico, o nome dele, como havia passado a operação e quis saber até mesmo quais remédios ele receitou. A amiga ficou encantada com o interesse de Glica mas, no final da visita, minha mãe lhe disse que também ia ser operada da mesma coisa e "tinha vindo apenas para saber como seria, se o médico era bom, o que teria que tomar e se a clínica lhe convinha".

Fez o mesmo com a prima de 102 anos que o filho havia colocado numa casa de repouso, perto de Nova York. Ela era muito alegre, sorridente, sociável, gostava de tudo, tocava piano e cantava junto com os demais hóspedes. "Sua prima adora as pessoas e é adorada por todos", foi o que Glica ouviu da enfermeira e não apreciou nem um pouco. Na verdade, minha mãe foi visitá-la não para a satisfação da parente, mas para saber se o local era adequado para si, uma vez que ela também deveria ir para o mesmo tipo de lugar, em Miami. Saiu falando mal de tudo, da prima inclusive, que "só podia estar gagá para gostar daquele 'asilo de velhos'".

Já nos preparávamos para ir embora, quando ela sentenciou com uma voz solene:

"Terence você me fez vender aquele apartamento e mudar para a rua 51. Depois me jogou em cárcere privado no asilo de velhos, depois me prendeu nos dois outros asilos de velhos que eram casas de loucos, depois me fechou em um hotel e agora me obriga a viver nesta cidade..."

Tentei defender o meu irmão, explicar que ele não tinha nada a ver com isso; que ele não é pai dela e não é milionário como foi o senhor Preisner, nosso avô. Disse que hoje ninguém tem como sustentá-la da maneira como ela quer; que fizemos tudo que esteve em nosso alcance, que a situação dela foi inteiramente gerada por ela mesma que não soube administrar os seus bens, não previu o futuro e viveu de maneira totalmente irresponsável. Tentei lhe mostrar como, ainda assim, a estamos ajudando com absolutamente tudo de que necessita, que as residências e o lindo hotel não tinham nada de "cárceres", representaram uma enorme despesa para o bolso do meu irmão, e a vida dela agora, mesmo modesta, é privilegiada em relação a tantos outros idosos, realmente sozinhos, doentes e sem recursos.

A verdade sempre a incomoda demais da conta. Quando não quer ouvi-la geralmente pretexta que "a pressão está subindo" ou que vai ter um "ataque cardíaco". Se for por telefone, desliga-o na cara do interlocutor. Pessoalmente, como não dava para desligar, gritou, interrompendo-me:

"Sempre existem casos piores!"

Como de hábito, colocou a mão direita sobre o coração, abriu a boca como se não conseguisse respirar e declarou com a voz enfraquecida de quem estava desmaiando:

"Shelly e Terence, não aguento mais viver esta vida de pobre, neste lugar medíocre. Mesmo o shopping me lembra aquele de Higienópolis! Nada a ver com Bergdorf Goodman ou Saks Fifth Avenue. Quero voltar a Nova York e ter exatamente o que tinha antes. Como confio na sorte, creio que pode ocorrer um milagre. Mas, se nada acontecer, e ninguém me ajudar, a minha alternativa será o suicídio."

XXXI

Eu tinha dezesseis anos, portanto, quando comprei o pôster dos Beatles na Sétima Avenida, com o qual decorei o meu quarto na rua Venezuela; fui a um bar chamado Serendipity *entre Greenwich Village e Gramercy Park, na época em que Internet ainda não existia e achava-se o inesperado, procurando-se por outra coisa completamente diferente, na vida mesmo; passeei de carro esporte na ponte de Brooklin com um gordinho, filho de uma amiga de minha mãe, sem conseguir trocar mais do que seis palavras, enquanto Lauriano se aborrecia de pensar que eu tivesse encontrado um namorado; e compareci ao jazz do* Village Gate *desconhecendo que ouvia John Coltrane. Portanto, nada — nem a New York World's Fair 1964/1965 com o seu (para mim "fantástico") símbolo da Unisfera — comparou-se à visita que fiz à primeira e grande exposição da arte pop no MoMA.*

Antes de eu chegar em Nova York, o governador Nelson Rockfeller e o curador da exposição universal Robert Moses tinham censurado o famoso Most Wanted Men, *mural de Andy Warhol onde este retratava treze fugitivos procurados pelo FBI. A obra estava instalada justamente na fachada do pavilhão de Nova York, projetado pelo famoso arquiteto Philip Johnson, junto com outras de Roy Lichtenstein e Robert Indiana, o que exprimia a nova tendência pop e uma certa impertinência da arte americana daquele tempo.*

Rockefeller, que certamente não entendia coisa alguma de arte, deu 24 horas para Wharol retirar o trabalho pretextando que os tais criminosos já não estavam mais sendo procurados pela polícia e que portanto não havia razão para exibir os seus retratos. Como se vê, os Estados Unidos também são um país de piada pronta.

Warhol deve ter compreendido isto. Propôs a substituição dos delinquentes pela imagem de Robert Moses. Enfim, como ninguém ficou de acordo com aquela proposta subversiva, quando cheguei, lá estava a solução que o artista tinha encontrado para denunciar a censura: uma pintura monocromática de alumínio com a qual cobriu os retratos dos treze bandidos.

Essas coisas, eu descobri sozinha. Minha mãe nos proporcionava tudo, nos levava aos lugares, o que já é muito bom, mas não passava nada. Não comentava, não explicava. Talvez por isso tive depois tanta empatia com os leitores nos quais eu via curiosidade e sede de saber, e senti tanta necessidade de dar a eles o máximo de explicações que eu pudesse e fosse capaz.

Também íamos a museus, mamãe ficava emocionada, olhava concentrada, via-se que gostava muito. Além disso, não nos transmitia nada mais. Aliás, creio que se ela mesma soubesse ou pensasse alguma coisa, em todos aqueles anos no estrangeiro teria se ligado a movimentos, grupos e indivíduos especiais; teria produzido e criado vanguarda como todos que eram seus contemporâneos, desde meados dos anos 1940, quando ela já frequentava a liga de estudantes de Arte de Nova York, de onde saíram os maiores nomes das artes plásticas. Mas, para tanto, teria sido preciso muita coragem e independência, coisas com as quais Ema Kreisler não tinha familiaridade.

≈ · ≈

Em Nova York, com a minha pouca idade em meados dos anos 1960, testemunhei ou captei sem saber precisamente certas revelações do contexto artístico da época, como a emergência da pop art numa conjuntura marcada pela herança do expressionismo abstrato, a emancipação de uma imagética associada à cultura do consumo, o questionar do lirismo da pintura monocromática, a reabilitação do Dada e do modelo duchampiano e, do ponto de vista específico de Warhol, o recurso às técnicas de reprodução mecânica, reciclagem de imagens fotográficas, a predileção pelas iconografias funestas e... o glamour!

Verdade que não senti qualquer emoção quando vi Rauschenberg, Oldenburg, Jim Dine, Rosenquist, Wesselmann, Lichtenstein, Indiana, Jasper Johns e outros ainda na exposição do Moma à qual mamãe nos levou, eu e meu irmão. Mas a achei muito interessante. Apenas chorei quando, na visita à coleção do museu, deparei com O Cigano Adormecido *de Henri Rousseau — o Douanier, artista primitivo que me emociona até hoje e cuja tela eu conhecia apenas em reprodução de livros. Penso que foi como encontrar pessoalmente um velho e virtual amigo.*

Lauriano espiava tudo, mas permanecia impassível. Devia estar se perguntando porque as mulheres choram tanto, pois Ema também teve o seu acesso. Foi quando passou por um empregado negro que, com um carrinho de limpeza repleto de produtos, lavava o chão do museu. Ela olhava para o homem e nós para ela. Ema deve ter ficado com pena, pois parou para observá-lo melhor até que percebeu que ele não se mexia. Assustamos quando vimos a nossa mãe soltar um grito dando um salto para trás:

"É uma obra! É uma obra!" exclamou ela, aos prantos, provavelmente emocionada com o choque sócio-estético daquele trabalho hiper-realista.

"O que vocês acham de irmos embora? Isso aqui já está virando uma novela mexicana, resmungou Lauriano enquanto passava pelo mural Suicídio Coletivo *de David Alfaro Siqueiros e ia colocando o pé na escada rolante.*

Assim foi com Os Claustros (The Cloisters), por exemplo, ramo do museu Metropolitan que ficava em Manhattan, próximo ao Rio Hudson. Fomos com mamãe, achamos bonito mas, como — ao contrário de nosso pai que passava o seu tempo a nos explicar os segredos da vida — ela nunca explicava nada, jamais soubemos o que era ou o que significava. Para ela, visitar um lugar já era suficiente. Precisei pesquisar, na vida adulta, para descobrir que eu tinha visto a maior coleção de arte medieval europeia do continente americano.

No dia seguinte, Terence e eu conversamos um pouco durante o café da manhã servido no térreo do *flat*. Apesar de saber que Glica não tem coragem nem mesmo para ajudar um neto que tem um episódio habitual de epilepsia, corre para se esconder e não ver, chama o médico sem nenhuma necessidade; que ela é covarde a ponto de encomendar três vidros de clonazepam para o suicídio ao mesmo tempo que uma caixa de remédio à base de dipirona ou paracetamol para dor — combinamos pensar alguma maneira de impedir que a nossa mãe conseguisse realizar a sua ameaça.

A preocupação não nos impediu de rir. Era o melhor modo de aliviar a sobrecarga emocional que a situação causava. Sim, porque quando tivemos que lidar com todos os problemas e ameaças na época das casas de repouso, sobretudo as questões de dinheiro, os nervos dele estavam à flor da pele e eu me encontrava tão tensa que chegamos a nos altercar e faltou pouco para nos desentendermos de vez.

Para nos desoprimir do dia anterior passado com nossa mãe na terceira torre do condomínio, aqui na mesma baía Biscayne, lembramos de alguns fatos, como o daquela vez que Terence a acompanhou ao supermercado. Uma senhora deixara o seu carrinho no meio do corredor enquanto olhava a etiqueta de um produto e Glica, em vez de pedir para passar, empurrou violentamente o veículo da infeliz até o final. Meu irmão não sabia se pedia desculpas ou se escondia.

E não era a nossa mãe que lia e tanto falava em Emmanuel Levinas, cuja obra complexa justamente pode ser definida em apenas uma frase, aquela que o "Eu diz ao Outro", abrindo a porta: "por favor, depois de você"?

Esse foi o ensinamento essencial desse filósofo que ela dizia adorar e de quem Glica Preisner não aprendeu nada: traduzir em termos éticos, metafísicos, o sentido da cortesia, urbanidade, civilidade, onde reside a relação com o Infinito e à Transcendência do respeito incondicional da alteridade do Outro, e onde se dá também o combate entre a violência e a paz.

Terence também não soube o que fazer quando nossa mãe, sem se incomodar com ninguém, saiu nua do provador na loja de São Francisco para perguntar a hora. Ou quando ela, finíssima e bem-educada, telefonou à casa da sogra dele para descobrir pela empregada quanto esta ganhava, sem pedir para falar com a patroa. No momento em que chamei a sua atenção perguntando como pudera ter sido sido tão grosseira, ela respondeu:

"Não me importo. Sou assim. Faço o que quero! Faço o que eu gosto! Não telefonei para falar com a mãe da Franca. Telefonei para falar com a empregada e daí? E se eu não quisesse incomodar a velha? Falo com todo mundo! Falo até mesmo com a manicure. Gosto muito de pessoas simples! E as pessoas simples me adoram!"

Enquanto eu imitava a maneira de nossa mãe falar, Terence punha a mão na testa e sacudia a cabeça.

"Sabe o que escrevi no Facebook, sobre isso?", indaguei.

"Não olho Facebook."

"Melhor pra você. Eu escrevi: 'um presidente que diz 'sou assim' (tradução: 'falo e faço o que quiser'), é porque está em trip narcisista, não liga a mínima para o país e o próximo, não sente nenhuma empatia, não se coloca no lugar do outro, não tem tato, não cultiva o menor respeito pelas pessoas, regras e leis. É um estranho à moral, um egocêntrico total. Conheço uma pessoa igualzinha, mas não é presidente brasileiro.' "

Meu irmão explodiu em risadas:

"É verdade! Jair e Glica são sósias mentais, não tinha pensado nisso!"

E, no entanto, o *leitmotiv* de nossa mãe, desde que nos conhecemos como seres humanos, é "faço e digo o que eu quero!". Na verdade, ela jamais quis imaginar o que os outros podem sentir ou querer. Penso que isso não lhe conviria. Pela mesma razão, nunca defendeu coletivamente ideias e princípios. O desejo do indivíduo Glica Preisner está acima de tudo e de todos. Para nossa mãe, causas comuns e o respeito pelo próximo são inexistentes. O seu "Eu" é o oposto do "Eu" de Levinas. Tem que passar pela porta antes do "Outro".

Lembrei a Terence a frase do escritor Charles Dantzig, que cito sempre: "O tato é a imaginação do que os outros podem sentir. O fato de ele nascer da imaginação explica porque é tão raro".

E, então, contei ao meu irmão que, quando fui visitá-la em Bruxelas, o meu sonho era convidá-la ao café *Maison Renardy* para experimentar o Le merveilleux, docinho com creme, claras em neve e lascas de chocolate, tão famoso quanto a cerveja belga. Fiquei dias pensando no momento de conhecer a iguaria. Ao chegarem os dois "maravilhosos", trazidos pelo garçom em alvos pratinhos de porcelana branca, esperei um pouco antes de atacar o meu, para poder degustá-lo igualmente com o olfato e os olhos. Ela foi mais rápida. De um gesto, cortou um pedaço com o garfo, levou-o à boca e... fez uma careta.

"O que?", perguntei.

"Bah!"

"Bah, o quê?"

"Creme com claras em neve não combina! Detesto estas lascas de chocolate!!! Bah!"

Glica Preisner, a estraga-prazeres, pousou o garfo e afastou o pratinho para longe, deixando três quartos do doce para os garçons jogarem no lixo. Eu comi o meu em silêncio, me perguntando por que pegara o trem para vir vê-la.

"Adoro gente simples!" Esse é o seu segundo *leitmotv*. Talvez porque, como de hábito para todo o resto de suas autoafirmações, ela queira se convencer e convencer as pessoas da imagem que faz de si. O fato é que mamãe não frequenta nem mesmo as reuniões de confraternização das pessoas de seu prédio. Ou, quando vai, fica alguns minutos e logo retira-se, para mostrar aos vizinhos que, do alto de sua superioridade, não tem o que conversar com eles. No seu último apartamento de Nova York, a menina do 4º andar lhe mostrava a língua todas as vezes que entravam juntas no elevador.

Com os seus amigos, por mais que caibam no seu esnobismo e façam parte da esnoberia, não é muito diferente. Nas vezes em que os recebe, não espera até o final: começa a desligar as luzes mostrando que é hora de irem embora. Isso, quando não sai da sala e nos deixa com eles, sem dizer nada. Se não estivermos lá, são as empregadas que os acompanham até a porta.

Uma vez, com a casa cheia, nossa mãe apareceu na porta da sala em *peignoir*. O silêncio foi geral e, então ela disse, antes de dar um tchau com a mão e virar as costas:

"Vou dormir."

Agora, com a idade e a dificuldade de locomoção, Glica sai menos. Antes, quando ia a jantares de amigos, não havia vez que não tornasse a conversa tensa e desagradável. Fui com ela a vários. Por causa, talvez, de seu medo de não ficar à altura da imagem que ela inventava para si e o próximo, já chegava fazendo pose. Da forma mais tola, prevenia-se, penso eu, de que pudessem desmascarar alguma possível impostura: à mesa, quando não contradizia os convivas com arrogância, fazia caretas e torcia a boca à maior parte do que dissessem.

Nunca foi capaz de uma frase espirituosa ou uma blague. Ora adulava, ora era agressiva. Ora falsamente simpática, ora francamente antipática. Sobretudo se o seu interlocutor ou interlocutora fosse célebre e respeitado.

Ficou especialmente desconfortável quando jantamos com uma autora teatral muito em voga e, sem que o seu livro fosse o assunto da conversa ou que esta o pedisse, apressou-se em dizer que lhe enviaria *A Vida no Abismo*.

Um de meus maridos costumava observar que em casa a sogra era uma, e, em sociedade, não a reconhecia — "um estranho caso de múltipla personalidade, Dr. Henry Jekyll e Mr. Edward Hyde", segundo ele. O fato é que Glica, em vida social, nunca foi alguém com quem as pessoas mais sensíveis se sentissem à vontade e de quem pudessem realmente gostar. Penso que a convidavam mais pelo nome de sua família, do que por ela mesma.

Nossa mãe passava no máximo oito minutos em lançamentos de livros e exposições. Em jantares com amigos menos sofisticados e importantes, onde não houvesse celebridades, não ficava nem mesmo para a sobremesa. Costumava dizer que estava cansada e depois comentava comigo que não tivera o que conversar com eles. Quando não chamava um táxi ou voltava acompanhada pela Olga, o dono da casa tinha que levantar da mesa para pegar o carro e levá-la embora. Não raro, a mulher de um deles, sua ex-"aluna" — compreensiva que era — lhe fazia uma quentinha, para que comesse em casa. Na última vez, esse casal a convidou para um jantar do qual participava o netinho deficiente. Ainda estavam nos aperitivos quando mamãe, que passara o pouco tempo fazendo esgares de desgosto e olhando feio a criança, disse:

"Não aguento os gritos deste menino. Favor me levar pra casa imediatamente!"

Pedimos mais café. Enquanto eu comia um *pancake* com *maple sirup*, disse a Terence que não me admirava que nossa mãe terminasse a vida sozinha. Ele respondeu:

"Talvez se ela tivesse um pouco de compaixão e respeito pelos outros seres humanos, eles também teriam por ela."

Falei ainda que uma das coisas que jamais compreendera foi nossa mãe ter chamado uma advogada para nos deserdar e deixar o que lhe restava para o único neto favorito:

"Lembra daquele e-mail que ela enviou ao nosso tio e eu recebi por engano, junto com a resposta dele, onde dizia que 'nós a sugávamos'? Você sabe por que ela fez isso? Como é que nós podíamos sugá-la, se nunca pedimos nada, ela nunca nos deu nada, sempre estivemos longe e fomos completamente independentes dela em tudo? O que nós tínhamos feito para sermos deserdados? Você lembra? Eu perguntei para o meu ex-marido e ele também não lembra..."

"Até hoje não sei. Acho que era por que eu não telefonava todas as semanas... "

"Terence! Imagine se isso é razão para nos privar de uma herança a que tínhamos direito!"

Novamente, caímos na risada. Expliquei ao meu irmão que pais tóxicos muitas vezes usam ou manipulam os filhos por meio de dinheiro. Deserdando ou dando, como ela fez comigo bem depois, com aquela história de me deixar o último imóvel em testamento. Lembrei:

"Falei pra mamãe que isso seria injusto com você. Ela insistiu, escreveu até um testamento com firma reconhecida no cartório. Depois, quando precisou de dinheiro, usou você nas minhas costas para ajudá-la a vender aquela parte do imóvel que me havia oferecido. E mentiu, dizendo a você que eu tinha 'pedido' essa herança. Como se eu fosse capaz de uma indignidade dessas."

"Shelly, acho que a mamãe fez isso para se vingar de mim, também pensando que me indisporia contra você. Ela sempre achou que eu fosse milionário."

"E eu, uma coitadinha... que podia ser manipulada com dinheiro."

Ainda contei a Terence o caso dos *links* que Glica me enviara por mail. Este fato ele não conhecia. Eu havia publicado uma tribuna polêmica para um jornal sobre a implacável e teleguiada Greta Thunberg e as contradições de sua atuação, artigo este que foi considerado politicamente incorreto, além de que me acusaram injustamente de capacitismo. Um absurdo. Como vivemos na "era do cancelamento", época em que só vale a opinião única — pura decadência da liberdade e democracia — fui linchada nas redes sociais e largada, é claro, pelo próprio jornal que, covardemente, entre não perder leitores e defender um antigo colaborador, escolheu o primeiro.

Resolvi não dar a mínima para o que considerei uma injustiça, continuar a minha atividade, não ler nada que pudesse me ferir, enfraquecer o meu ânimo ou desviar a atenção do meu trabalho, que era o que realmente importava. Ora, boazinha como uma "verdadeira mãe", a minha se deu o trabalho de compilar cuidadosamente todos os *links* para os posts que me linchavam nas redes sociais e enviou-me a lista completa.

"Terence, uma vez ela me disse: 'pra você, tudo que eu faço vira merda."

"E você respondeu?"

"Respondi: bem... já que você gosta de palavrão, na minha opinião, tudo que você faz não 'vira merda'. É merda pronta."

Caímos na gargalhada e continuei:

"Você recorda daquela vez em que recebi alguns amigos na casa dela e tive a péssima ideia de contar as aventuras do nosso pai, enquanto oficial de Eisenhower na Segunda Grande Guerra, desembarcando na Normandia? No dia seguinte, uma amiga comentou que adorara o relato, só não entendera porque a Glica parecia tão incomodada e furiosa, me fulminava com o olhar e torcia o nariz daquele jeito."

Meu irmão perguntou:

"O que você explicou?"

"Expliquei que a nossa mãe não me perdoava o interesse que essa narrativa causava, não porque não admirasse aqueles feitos, realmente romanescos, mas unicamente porque ela não se encontrava no centro da conversação e das atenções."

"E, depois disso, a mamãe te puniu, como sempre?"

"Claro! Mas deve ter sido com alguma ruindade tão ruim, que esqueci."

Caímos na gargalhada de novo. Terence e eu teríamos podido ficar horas recordando os episódios que compunham a personalidade deletéria de Glica Preisner, nossa mãe. Daria um filme... Mas, como os aviões não esperam, logo nos despedimos, marcando uma chamada de vídeo por WhatsApp, junto com Franca.

A volta a Paris me pareceu mais rápida, talvez porque eu estivesse realmente precisando do meu espaço e de ficar só com meus pensamentos. Hoje em dia não é difícil me retirar. Minha vida social diminuiu muito, durmo e acordo cedo. As tarefas domésticas ainda tomam bastante tempo e me cansam, porém não tenho como pagar empregada. Um café pela manhã, almoço e jantar de congelados, renúncia ao passeio lambe-vitrines e alguma negligência na limpeza da casa, tudo isso permite uma certa concentração.

O que anotei durante anos em cadernos e papéis de todos os tamanhos e cores está ao meu alcance dentro da caixa de plástico leitoso sem tampa. E os e-mails que troquei com meu irmão, onde lhe comunicava as minhas observações, também. Por sorte, o Gmail guardou tudo nas nuvens. Não faltava mais nada para eu mandar meus personagens também para as nuvens.

XXXII

Embora carregados de acontecimentos externos a mim, os quatro anos seguintes a esta minha primeira viagem ao estrangeiro pareciam escoar-se de uma maneira linear. E por pouco tão congelada quanto o pôster dos Beatles que fora colado à parede em cima do criado-mudo. Exceto um e outro episódio romântico ou político, as saudades recorrentes de minha mãe e meu irmão — e as vindas periódicas deles —, a vida na rua Venezuela transcorria sem grandes percalços. Docemente, eu iniciava a minha luta para me fazer respeitar como "indivíduo", sem que a imagem da minha pessoa enquanto jarrão de porcelana chinesa pudesse interferir em demasia. Nada mais restava daquela época da adolescência.

Mas a ironia da nossa vida foi que mamãe acabou por voltar de suas circum-navegações de muitos anos, restringidas a Nova York, Paris, Londres e Bruxelas — dependendo de onde achasse um namorado —, fazendo insidiosamente de tudo para que acreditássemos ser os principais afiançadores de sua felicidade, devendo suprir tudo que ela não recebera do nosso pai e também não recebia mais do pai dela que, naquelas alturas, não pertencia mais a este mundo. Afinal, tínhamos sido nós, que desde a infância já nos sentíamos um estorvo, "os únicos responsáveis por sua infelicidade".

Houve coisas positivas da parte de mamãe, é claro. Geralmente assessorada por tia Fayga. Estas, infelizmente naufragaram nas más lembranças. Ema grudou em nós jovens e também, mais tarde, já adultos, para nos privar da nossa liberdade e nos desamparar de praticamente tudo que nos restava de bom na vida.

Pouco antes de terminar *Como Matei Minha Mãe*, resolvi ir encontrar a doce Dorothée que, como já contei, também possui uma espécie de Ema como mãe e inventou *Minha Mãe, Meu Carrasco*, título que acabei não usando, mas continuo achando muito bom.

Eu precisava dar um respiro às ideias e descansar um pouco da angústia que me provocavam certas lembranças. Além disso, queria levar parte da autoficção à minha amiga e ouvir a sua opinião, antes que ela visse o livrão publicado.

Ao meu irmão, que já leu o manuscrito quase inteiro, mas ainda não sabe que lhe dediquei a história, enviarei desta vez a versão final. Ele compreendeu por que não usei *Um Monstro Chamado Mamãe*, título que sugeriu e — em outra circunstância literária e sem a diligência específica do "matricídio" terapêutico — seria mil vezes mais adaptado ao meu personagem.

Quando Terence me ligou para dizer que tinha gostado do romance, o nosso diálogo poderia ter sido escrito por Woody Allen. Confessei que, mesmo que se tratasse de uma autoficção, eu estava na dúvida se devia enviar ao editor ou esperar que a nossa mãe não estivesse mais aqui. Ele opinou:

"Se, num livro, eu descobrisse o que fui capaz de fazer a meus filhos, lhes pediria desculpas. Ela, não sei como pode reagir, porém penso que você deveria publicar agora. Primeiro para que tenha o direito de se defender e segundo porque se você fizer isso quando ela não estiver mais aqui, o seu livro não terá a mesma credibilidade."

"Não sei se concordo", respondi. "Como a Glica já ameaçou se suicidar, encontrará um bom motivo. E a solução, do teu lado, apesar de sinistra, ficará muito confortável: o título *Como Matei minha Mãe* deixaria de ser metafórico para virar realidade, eu seria a culpada e você, inocente."

"Ou, narcisista como é, pode muito bem ocorrer o contrário. Ou ainda, como ela sempre nega a realidade, é possível que nem se reconheça", concluiu meu irmão.

Dorothée, formada em letras pela Sorbonne, ficou muito tempo à procura de uma vocação. Chegou até mesmo a se conformar com o papel de dona de casa enquanto esteve mal casada com o endocrinologista, inventor de um regime que fez emagrecer metade da alta sociedade parisiense. Depois que se divorciou, tivemos uma séria conversa e sugeri que ela fizesse um *blog*, então tudo mudou. Em pouco tempo, a minha amiga tornou-se uma temida crítica literária, cujos artigos começaram a ser cobiçados e disputados pelas revistas especializadas.

O seu *blog Lorgnette psychédélique* fazia sucesso entre os leitores e era temido pelos autores. Estes a cortejavam, tentavam seduzi-la, conseguindo de vez em quando. E as editoras lhe enviavam os livros antes ainda que estes aparecessem nas livrarias. O grande apartamento no Boulevard St. Germain, abarrotado de volumes por toda parte, agora dava a impressão de ser apertado.

Combinamos um café no bairro do Marais. Era o máximo que ela suportava tomar quando devia pagar alguma bebida. Para não carregar o calhamaço inteiro da minha enorme "saga kreisleriana" escolhi e numerei provisoriamente apenas os 38 capítulos soltos que aqui estão. Estes eu considero prontos, já dão uma ideia do romance e não precisam mais de retoques.

Grampeei as folhas na ordem e coloquei-as num saco de pano que ganhei no *Salon du Dessin*, para levá-las à Dorothée. Explicaria que o capítulo final é final mesmo, porém, no manuscrito original que o editor receberá, o epílogo não tem o algarismo XXXVIII como está aqui, e sim CXVIII. São 118 capítulos, 716.985 caracteres com espaço, no total. Depois que ela me dissesse o que pensa, eu faria a revisão geral, eventualmente acrescentaria algo de que me lembrasse e enviaria os arquivos .docx e .pdf à editora.

XXXIII

Depois de decidir que eu não namoraria intelectuais, grã-finos e estudantes reacionários do Mackenzie que brigavam com os vizinhos da filosofia da USP, escolhi um noivo "certo": rico, judeu e de boa família. Alguém que se ocuparia de mim, finalmente. Foi para o presente dele que mamãe e titia tiveram a ideia de encomendar o meu retrato a Flávio de Carvalho, grande nome do modernismo brasileiro.

Acontece que o noivo "certo" não podia ter sido mais errado. O retrato acabou voltando para o meu quarto, assim como o solitário de diamante que eu recebera, retornou ao bolso dele. O resto dos presentes eu conservei, tanto quanto a lembrança das corbelhas que decoraram a passagem externa, o terraço e os salões em festa da rua Venezuela. Dos presentes, no fim, não me restou nada. Como a minha pessoa não era uma pessoa — e sim o tal do jarrão de porcelana chinesa, um bordado, um vira-latas ou uma pinturinha na família Kreisler — Fayga e Ema ofereceram todos os meus presentes, um a um, a cada amigo delas que aniversariava.

A vida, eu só via a dos outros. Ficava num canto como um animal selvagem e espreitava. Da mesma maneira como fazia nas classes de primeiro ano das três faculdades às quais me havia inscrito depois de ter sido admitida entre os primeiros colocados: Comunicações, Ciências Sociais e Advocacia. Como ninguém havia me orientado, eu tateava, não sabia que caminho seguir.

Comparando a vida social e os estudos, para mim, não havia grande diferença. Ambos eram penosos e, pela igual falta de compensação intelectual, provocavam a mesma pergunta: "O que estou fazendo aqui?" Eu teria preferido escolher amigos e eventualmente professores que me fossem condizentes mas, sobretudo, adquirir sozinha aqueles conhecimentos. Deve ter sido por essa razão que, mais tarde, dei outro sentido à vida mundana ligando-a ao meu trabalho, enveredei pelo autodidatismo, escolhi meus próprios mestres e deixei algumas sábias pessoas orientarem o meu trabalho.

Tranquei todas as matrículas nas universidades e resolvi visitar minha mãe em Paris. Em pouco tempo ela voltou ao Brasil no período mais efervescente de manifestações, greves gerais e selvagens. De todo modo, alienada política como era, para Ema, uma barricada a mais ou a menos em 1968 tanto fazia. Eu fiquei. Os eventos parisienses de maio e junho — que haviam começado conosco naquela cidade, ganharam o mundo operário, depois a totalidade do país, atravessando fronteiras.

Houve comemorações no aniversário de meio século do evento. E eu comemorei que tudo aquilo já estivesse bem longe! Como disse Daniel Pennac, escritor premiado e meu vizinho de bairro, em seu livro "La petite marchande de prose", "quando não dá para mudar o mundo, é preciso mudar de cenário."

Que alívio hoje não querer mais colocar em xeque as instituições tradicionais, não mais sentir revolta contra o "capitalismo", "consumismo", "autoritarismo cultural, social e político", "imperialismo americano", "poder instituído" etc. Palavras que, de tanto serem repetidas, não explicam e nem significam mais nada.

Quem sabe daqui a meio século os (agora) jovens sentirão, igualmente, que o tempo e a história liberam, desdramatizam e tiram o peso das situações e fatos conjunturais de uma época, restituindo os seus verdadeiros significados?

∾ · ∾

Hoje, os moços não querem mais sair da casa dos pais. Para Lauriano, que veio em seguida fazer seus estudos em Londres e para mim, isso era uma questão de "honra". Por isso ficamos independentes tão cedo.

Antes de partir de Paris, Ema legara-me o seu pequeno revólver. Tratava-se de um engenho que estava na moda e podia ser encontrado com facilidade. Inofensivo e eficaz, o projétil dele — bem menos importante do que o que usavam os policiais franceses da CRS (Companhia Republicana de Segurança) durante os motins de maio de 1968 — resumia-se apenas a uma minúscula cápsula de gás lacrimogêneo. Elegante como era, a minha mãe deixou-me também uma delicada bolsa acolchoada com floridos motivos Liberty onde eu deveria guardar a minha "arma". Para ela, era mais confortável me armar do que me defender.

O egocentrismo e a despreocupação irresponsável de Ema tinham o seu profícuo lado inverso: nos deixava, eu e meu irmão, responsáveis por nós mesmos. Considerei aquele gesto como um dos mais simbólicos que possa haver entre pais e filhos, embora hoje eu saiba que não foi nada disso. Para mim, por felicidade, ele tomava inteiramente o lugar da frase: "Confio em você. Sei que poderá encontrar dificuldades, mas saberá defender-se sozinha."

Felizmente, para ela também, Ema não acreditava ou não queria acreditar que eu pudesse realmente correr grandes perigos. De um lado, os Kreisler superprotegiam, de outro largavam. Tudo que eu fizesse estaria errado de qualquer jeito. Mas o fato é que esta sentença tácita acompanhou-me pelo resto da vida, sobretudo em meus combates. E penso que deveria ser emprestada por cada genitor normal, mas com tendência a enfraquecer a sua cria tentando protegê-la demasiado.

Não demorou para que eu mudasse a ideia de que aquele objeto constituía apenas um instrumento de precaução do qual eu certamente "jamais me serviria". Poucos dias depois que ela viajara, me deixando no acanhado Hotel du Parc Montsouris — onde o chuveiro ficava dentro de uma cozinha improvisada e a cama era encostada numa parede cuja pintura descascava —, espelunca com cinco estrelas a menos do que a linda casa onde ela morava, no Parc Montsouris — tive a prova de que deveria carregar o revólver na bolsa, onde quer que estivesse. E, alguns meses depois, quando consegui fugir de um homem que forçou a porta do apartamento para onde eu tinha me mudado, também.

∾ · ∾

Gosto de lembrar o exército de amigos com quem me liguei na cidade-luz. E isso não é difícil, pois cada um deles foi perfeitamente descrito por mim, no meu caderno, com vistas a um eventual (e nada pretensioso) romance à maneira de Balzac. Mesmo as pessoas que via apenas de passagem, ou um pouco mais do que de passagem — como os meus professores Jean Rouch, Pierre Francastel, o brilhante Nicos Poulantzas (ex-aluno predileto de Louis Althusser); artistas, intelectuais, músicos, cineastas, críticos de cinema ou fotógrafos como Hervé Télémaque, Roland Barthes, Geraldo Vandré, Georges Moustaki, Glauber Rocha, Henri Langlois, Jean Narboni e Henri Cartier-Bresson, entre tantos outros — eu também observava e gravava na memória pensando que um dia talvez figurassem em minha futura "obra literária".

Testemunhei Cartier-Bresson, por exemplo, fotografar Paris. Magro que era, parecia um pernilongo saltitante a metralhar uma imagem atrás da outra com a sua Leica sem fotômetro nem flash. Quando o reconheci, acompanhei-o sem nenhuma vergonha pelas calçadas até que ele percebeu a minha presença e sumiu. Foi a primeira vez que assisti alguém fotografar daquela forma não intermitente (que depois copiei com o celular). Hoje, arrependo-me de não ter comentado isso com ele quando o entrevistei quase três décadas depois, oito anos antes de sua morte.

Não lembro por que motivo, no mesmo ano desta entrevista, visitei Yves Nellen, ex-namorado de Ema, intelectual de quem ela havia se separado quando partiu de Paris, deixando-me, aos 20 anos, naquele hotel sórdido com a pequena arma. Já envelhecido e curvado, ele habitava a mesma mansão, no final de um lindo beco arborizado, em Pigalle, cercado de pinturas e desenhos de Vieira da Silva, Arpad Szenes, Sonia Delaunay, Poliakoff...

Recebeu-me com um largo sorriso. Senti que estava contente com a visita. Como se tivesse algo a me revelar. Conversamos longamente sobre arte, enquanto eu observava o espesso acúmulo de poeira sobre seus móveis e livros, tomando cuidado para não alterar, com algum gesto, a fixidez e a ordem daquela substância esbranquiçada. Ao perceber o meu espanto e imobilidade, explicou que jamais desempoeirava a casa.

"A poeira é bela", disse Nellen. "Permanece como uma pátina do tempo."

Foi neste momento, que o assunto Ema veio à tona. Falamos um pouco sobre aquela época e, sem que eu perguntasse alguma coisa, ele confessou:

"A sua mãe... que pena. Poderíamos ter tido uma linda história se ela não estivesse sempre sob as asas dos pais. Gostava dela, fiz de tudo. Simplesmente foi impossível viver com uma pessoa tão estragada."

Dorothée é morena e eu sou loira; ela não tem sorte com maridos e amigos que são a sua família escolhida, e eu não tive felicidade com pais que não teria escolhido; ela detesta comer e eu adoro; tem modos de rapaz e eu sou feminina; é chique e eu nem chique nem mique; está no campo da literatura e eu no da música; é rica e eu pobre; enfim, somos diferentes em tudo, exceto no azar de possuirmos duas mães tóxicas e na sorte de termos tido, ambas, lindos filhos de sucesso — talvez seja por essa razão que nos completamos, entendemos e a nossa amizade é tão antiga.

Eu conheço a bulimia e anorexia de quando Dorothée era criança, as suas alegrias e dramas familiares; ela sabe da minha infância sofrida, das fobias e neuroses de minha adolescência. Ambas fomos testemunhas recíprocas de nossos casamentos e divórcios, de nossos sucessos e decepções.

Cheguei logo depois dela. A minha amiga resplandecia, lindamente vestida por seu estilista japonês e penteada por Maniatis. Meus cabelos ainda estavam úmidos, tive apenas tempo de enfiar a minha calça tipo *jegging* elástica de marca alemã — 70% elastano, 30% algodão — que há anos compro por correspondência, e a camiseta preta de sempre, espécie de uniforme confortável de trabalho diário. E de saídas também. Combina com tudo. Não foi Sophia Loren que descobriu que uma "roupa de fundo" preta, além de emagrecer e ser barata, serve de base para qualquer peça de vestuário para qualquer ocasião?

Dorothée me percebeu abatida e perguntou que problema havia. "Problema sério", murmurei:

"A verdade é que, como você sabe, mamãe acabou por invadir de novo a nossa vida, fazendo-nos, novamente, de principais afiançadores de sua felicidade. Grudou em nós, como desde sempre, para nos privar da nossa liberdade e nos desamparar de praticamente tudo que nos resta de bom na vida. O que de positivo podia ter sido salvo, naufragou de vez nas más lembranças que temos dela. Agora... ainda por cima, temos que salvá-la!"

Abri o saco de pano do *Salon du Dessin*, e retirei as páginas que imprimi em separado para trazer à minha amiga. Era a mensagem que

Terence acabara de enviar à nossa mãe, com cópia para mim. Julguei tão necessária, sincera e corajosa como "a carta ao pai" de Kafka. Me tocou profundamente. À Dorothée, só li alguns trechos que julguei menos confidenciais. Ela ouviu com o semblante sombrio e pediu para que eu repetisse o final. Eu repeti:

"No teu ultimo e-mail pedindo ajuda à mim, você assinou:
'Glica, tua filha.'
É um lapso, obviamente. Como você nunca cresceu e ficou adulta, espera que um papai ingênuo te ajude a sair das encrencas estúpidas em que você mesma se meteu. Sempre foi assim, não?"

Enquanto eu dobrava a carta para guardar na bolsa, não mais no saco com o manuscrito, Dorothée ponderou:
"Duvido que a sua mãe compreenderá. Como ela nunca evoluiu, tenho certeza de que repassará esta carta a quem puder, como uma pirralha que reclama: 'Professor, o Louis pisou no meu pé! Mamãe, a Charlotte puxou minha trança!' E ninguém que esteja próximo dela entenderá tampouco. Dirá que é um simples 'desabafo' do Terence e que ele 'está longe do razoável e equilibrado'. É claro, todos vivem na falsidade, no cenário montado por eles mesmos. Iguais à sua mãe, não suportam, negam a realidade. A verdade os destrói. Mas o seu irmão fez muito bem de dizer tudo. A pior coisa, a mais nociva que existe é o 'não dito'. Eu sei o que é isto."

XXXIV

Os trezentos dólares que minha mãe me enviava por mês (quando enviava) e depois também o que eu ganhava limpando o consultório de um médico, não era suficiente para as minhas necessidades de alojamento e alimentação. Optei pela primeira necessidade e, na maior parte do tempo, para poder continuar em Paris, passei fome.

E, no entanto, não foi por essa razão que, ao final de quase três anos, minha mãe resolveu vir me buscar. Convenceu-me a deixar os meus estudos, acredito que para lhe fazer companhia, e ir encontrar "o designer maravilhoso que ela tinha descoberto para mim". É muito provável que ela também quisesse o neto que, em pouco tempo, tentaria me tirar.

Ao designer, enquanto eu estava fora, ela ostentou o seu lindo apartamento de Higienópolis, mostrou a minha bela fotografia sobre o "grand piano" Steinway — imagem que o rapaz jamais esqueceu — e exibiu as minhas qualidades. Seria surpreendente se ele, jovem e recém-divorciado, não tivesse se apaixonado por aquele retrato naquele ambiente.

Por outro lado, quando veio a Paris, Ema tentou me convencer que a minha vida era "suja, miserável e sem futuro", que meus amigos eram "imundos e pobres", que estudar ali não me traria nada. Insistia que eu estava feia e negligenciada, gorda por causa da má nutrição — eu que só tinha dinheiro para devorar doces árabes no quartier latin — e que, "do modo que vivia, jamais encontraria um companheiro ideal".

Aos 22 anos, jovem e influenciável, eu não podia e, sobretudo, não queria atinar que era por causa da falta de ajuda dela que me encontrava *em tal estado. Não percebia que minha mãe, descaradamente, manipulava simultaneamente duas pessoas: eu e o tal do rapaz que seduziu para que se apaixonasse por mim. Eu não possuía a maturidade que tenho hoje no enfrentamento das verdades que sempre tentei encobrir. Ainda não tinha se passado o meio século necessário para que conseguisse, finalmente, "matar a mãe" que eu tinha, desde o início, inventado para mim.*

Verdade ou não o que me dizia, fosse ou não por meu bem, por puro egocentrismo ou esnobismo, a persuasão dela funcionou. Talvez o meu percurso, ao contrário, tivesse sido muito mais interessante se ela tivesse me ajudado como o pai dela a ajudou, se eu persistisse, terminasse os estudos, encontrasse um trabalho e construísse a minha vida onde, de novo, me encontro hoje.

Fossem quais fossem as intenções de minha mãe, hoje considero uma violência muito grande o que ela fez comigo. Persuadiu-me a interromper tudo e voltar ao Brasil onde, pela primeira vez, me levou a um médico e, na ocasião, apenas para me livrar de alguns piolhos muito provavelmente adquiridos nas salas da cinemateca do Palais de Chaillot.

Com vários quilos a menos, o cabelo tratado e o armário renovado, mamãe aproveitava minha volta à São Paulo e o fato de que eu morava na casa dela porque não tinha onde ficar, para promover, todos os domingos, o que ela chamava de open house*. Quer dizer, vinha quem queria, porém como os seus amigos maduros contava-se nos dedos de uma mão, não tinham muita graça e nem sempre estavam disponíveis para namoricos e mundanidades, apareciam principalmente os meus que, com a juventude deles, lhe injetavam a alegria e a energia que, sozinha, ela não possuía.*

Ademais, como todas mães tóxicas, a minha adorava flertar principalmente com os homens jovens que me agradavam.

Vinha também o designer capturado por mamãe e o irmão dele, arquiteto que namorava Isa, minha amiga de infância. Em alguns meses, como fora previsto e calculado por Ema, ele e eu estávamos juntos e apaixonados, sendo que um ano depois separados após uma experiência, para mim, infernal.

Como todos os machistas brasileiros, para quem a violência conjugal é regra e "lugar de mulher é em casa", o rapaz não raro me agredia e, depois do trabalho, em vez de voltar para o jantar, ia a festas ou encontrava amigos e amigas no bar Riviera, na rua da Consolação. Nosso filho balbuciava as primeiras palavras quando fiz as malas e saí daquele pesadelo, com o pequeno nos braços.

Essa foi a vida de sofrimento que minha mãe havia meticulosamente preparado para nós. Ela nos manejou, eu e aquele noivo arranjado, por meio dos cordéis da ilusão, como se fossemos marionetes no palco esnobe e mundano da sua vida em miniatura, antes de me deixar ir viver em miséria maior do que a de Paris, e — o pior de tudo — tentar roubar o meu bebê.

Pedi mais um café, dizendo que a convidava. Sabia que, embora fosse generosa em tudo mais, Dorothée tinha chiliques quando devia pagar uma conta de bebida ou comida. Ela, que era abastada mas, ainda assim, se batia para não perder o *status* e a vida confortável, não podia compreender os esbanjadores e dilapidadores de fortunas.

"Além de perdulária, a sua mãe sempre foi um pouco assim, não é? lembrou a minha amiga. "Organizava *salottos* para o que ela pensava ser a nata da sociedade nova-iorquina. A verdadeira nata, a nata revolucionária daquela época, essa ela nunca frequentou. À vezes alguém cantava, tocava algum instrumento, declamava... Você e eu a chamávamos de 'Madame Verdurin de Nova York.'"

"É verdade", respondi rindo." E pensei com meus botões:

"A tola 'Madame Verdurin' era mundana com quarenta. Agora, meio século depois, aos 92, virou mundana virtual, é mundana no Facebook."

Dorothée lembrou do contratenor do Nordeste que mamãe hospedou. Chamou um afinador para o piano Steinway que havia trazido do Brasil, contratou um pianista e fez o "castrato" cantar aos amigos, angariando dinheiro para os estudos dele na Itália. As frivolidades e esnobismos de Glica não davam certo para ela, mas às vezes traziam sorte a estranhos. O jovem — que, ao contrário de sua fútil benemérita que só pensava em se divertir — era grande batalhador, um trabalhador sem preguiça, mandou notícias contando que subia na vida. Finalmente trabalharia em um filme de Zeffirelli, o esteta discípulo de Visconti, cujos jardins em Positano eu visitaria um dia. Ela, por outro lado, terminava a vida carente de reconhecimento, como se isso tivesse sido possível sem suor.

"Na verdade, temos mães igualmente tóxicas, que nos carregam com a responsabilidade de sua felicidade", ponderou Dorothée. "Mas, felizmente, os problemas com a minha não têm relação com dinheiro. Se fosse assim, não sei o que faria. Você e o Terence, com as suas dificuldades financeiras e a mãe nas costas, devem estar passando por um momento muito difícil."

"Fazemos o que podemos. Meu irmão e cunhada estão se endividando. Eles pegam dinheiro emprestado de cartões de crédito. A dívida atual deles em cartões aproxima-se dos cem mil dólares. Eu nunca poderia conseguir um empréstimo parecido...", disse eu.

"A questão não foi apenas a sua mãe ter vivido acima das possibilidades dela, sem pensar nos próximos e no futuro", acrescentou Dorothée. "Foi sobretudo o mal que lhes causou a vida inteira. Vocês a ajudam como podem, apesar de tudo, claro. Por uma questão de 'dever humano'. Porém, se ela tivesse sido melhor mãe, talvez tudo ficasse mais fácil e natural, não?"

Neste ponto, resolvi contar à minha amiga:

"Sim, mas não é nem mais o caso de uma ajuda simples e natural. Agora, ela quer voltar a Nova York, levar a mesma vida de antes e já avisou que se nós não lhe possibilitarmos isso, a solução será o suicídio. Para tanto, teríamos que vender o nosso único patrimônio que são as casas onde moramos, e usar as poucas economias que guardamos para a velhice. Ou seja, além de nunca ter nos dado nada, ter nos deixado na maior penúria, nossa mãe quer também arruinar o pouco que conseguimos possuir por nós mesmos."

Dorothée fez um longo silêncio e respondeu:

"Você tem duas soluções. Dizer a si mesma que a sua mãe é responsável por você estar no mundo, inventar que ela não está lúcida, pensar que é uma coitadinha, uma pobre velhinha, achar que ela é um 'legume' solitário de 92 anos e ajudá-la perdendo tudo que é seu ou... "

"Ou o quê?"

"Estabelecer limites e se dizer que não é porque ela é responsável pela sua existência e é uma senhora com as dificuldades normais da idade, mas torrou toda a fortuna, que você é obrigada a aceitar tudo, entrar na chantagem dela e se arruinar. "

"O que você faria, no meu lugar?"

"Não tenho ideia. Só sei que não queria estar no seu lugar."

XXXV

Aos 25 anos, mãe solteira, eu começava a minha carreira no jornalismo e na crítica de cinema, antes de enveredar na arte. Tia Fayga, já idosa, possuía uma fortuna modesta e me ajudava como podia. Ainda assim, eu vivia miseravelmente de salário, com meu filho de dois anos, num apartamento minúsculo de dois cômodos, de fundo, com vista sobre a garagem do prédio na rua São Francisco de Paula. Um senador, político influente amigo de meu falecido avô, trinta anos mais velho do que eu, vinha me trazer móveis, eletrodomésticos, brinquedos e até mesmo comida. Conhecendo Ema e o "trem de vida" dela em Higienópolis, ele — que era uma pessoa justa e humana, adorava meu filho e me amava como o pai que não tive, jamais ousando me tocar como mulher — não entendia como era possível "uma Kreisler" viver com sua pequena criança naquela pobreza.

Mamãe continuava a levar uma vida de viagens, compras, fausto e ócio. Oferecia festas e jantares, não se privava de absolutamente nada. Cada vez que precisava de dinheiro, dava continuidade ao mesmo método, simples e pouco trabalhoso: vendia um de seus imóveis secundários, pela metade do preço de mercado. E, às vezes, para não ter nenhum trabalho suplementar, ainda presenteava os compradores com tudo que estava dentro deles, gratuitamente. O seu apartamento e armários enchiam-se cada vez mais de roupas, bijuterias caras, joias, pratarias, porcelanas francesas, móveis antigos e modernos de design, livros, discos, objetos de arte, peças étnicas e tapetes persas que uma empregada limpava e punha em ordem enquanto a outra se ocupava da lavanderia e diariamente da cozinha para quatro pessoas: as duas empregadas, o chofer e mamãe.

Além disso, ofertava presentes cada vez mais luxuosos a quem lhe interessava, sobretudo quem a bajulava.

Meu irmão, precocemente casado com uma moça da Nova Zelândia, depois de ter estudado teatro em Londres, onde também passou fome recebendo (quando recebia) os mesmos trezentos dólares por mês, conseguiu um emprego ao voltar ao Brasil. Lutava para se sustentar também num pequeno apartamento.

Mamãe não comprou absolutamente nada para o ajudar, nem mesmo um fogão. O máximo que fez foi ir com ele ao Mappin para ser fiadora de uma compra a crédito de móveis e eletrodomésticos da pior qualidade, que Lauriano foi obrigado a pagar, durante anos, com o próprio dinheiro. Isso, até chegar a ser vice-presidente de uma grande companhia, sucesso do qual senti muito orgulho pois, para mim, o meu irmão sempre foi o retrato do verdadeiro self-made man. *A despeito da indiferença da família*

Kreisler e da total falta de ajuda de nossa mãe, chegou ao topo, por seus próprios méritos e talento.

∼ · ∼

Eu viajava apenas a trabalho, e também em minhas curtas férias, quando pedia para que mamãe cuidasse um pouco de meu filho pequeno naquele mesmo apartamento — agora abarrotado e ainda mais suntuoso — de minha infância. Imóvel que tinha sido alugado durante as suas viagens e para onde ela voltara, depois do longo périplo americano e europeu, antes de também vendê-lo e retornar definitivamente aos Estados Unidos.

Parte do amor materno que faltou a seus filhos, aos outros netos e ainda muito mais, Ema encontrou para dar a apenas esse neto. Aproveitou que eu o havia deixado com ela durante alguns dias para, na volta, marcar um encontro comigo no final da tarde, no Silvio's bar da avenida Angélica, em frente à Praça Buenos Aires. Estranhei o convite. Ao chegar, encontrei também dois primos à mesa, todos já bebericando os seus uísques. Sem esperar, minha mãe me anunciou:

"Seus primos são testemunhas, decidi retirar de você a guarda do seu filho. Já marquei hora com um advogado. Você não para de viajar. De hoje em diante o meu neto fica comigo."

Ela me proibiu de buscar o meu filho naquele dia mas, evidentemente, o advogado, que conhecia a família e principalmente a cliente, "colocou o nariz dela na própria merda", como se diz na França, mostrando-lhe que não tinha esse direito:

"Uma jovem mãe viajar de vez em quando a trabalho ou de férias, deixando o filho com a avó por alguns dias, não é motivo para ação judicial",

disse ele. "Sobretudo, quando se vê que isso é desculpa esfarrapada para a senhora, dona Ema, roubar a criança de sua própria filha".

Perguntou: "Quando a senhora, que nunca trabalhou na vida, de fato abandonou os seus filhos, deixando-os com a dona Fayga, sem nunca ter se ocupado da saúde e educação deles, por acaso alguém quis lhe mover um processo e retirá-los da senhora? Nesse caso, bem que se poderia!" Sem resposta da cliente, o Dr. Saulo Luís Segovia a acompanhou até a porta.

Nunca mais deixei o meu filho com a avó. Levei-o comigo até mesmo à Belo Horizonte, quando fui fazer parte de um júri. Trabalho, aliás, que tive que deixar pela metade e voltar às pressas, pois o pequeno ficou com otite e febre alta. O advogado tinha total razão. Abandonar os filhos com uma parente, não por motivo de trabalho ou de pequenas férias e sim por veleidade durante anos, como ela fez comigo e Lauriano — jamais ter pago nada, médicos, roupas, esportes, férias, nem mesmo estudos, pelos quais em nenhum momento se interessou, aconselhou ou incentivou —, isso sim teria sido "caso de Justiça".

Para mim, era normal. Pensava que todas vidas de criança eram iguais à minha. Precisava do amor de minha mãe, como qualquer um. Exaltava as suas qualidades e mentia a mim mesma diante das deformidades, falhas morais, incorreções de toda ordem. Jamais passou pela minha cabeça que, ela sim, poderia ser condenada por um juiz pelo que fez aos seus filhos e pelo que faria de ainda pior, nos anos seguintes.

Já éramos adultos, maduros e reconhecidos por nosso percurso profissional — e apesar de que tivéssemos fugido dela, indo morar em outros países — mamãe ainda conseguia nos atingir.

∼ · ∼

Era sábado. Tia Branca e eu aceitamos o convite para um drinque no apartamento paulista de Ema, às seis horas. O final da tarde de todos os dias, em qualquer lugar do mundo, representava a "hora do lobo" — misto de autocondoimento e prazer, quando minha mãe começava a beber — ritual que preparava invariavelmente, como no filme de Ingmar Bergman, com o acender de velas em diferentes castiçais. Já às cinco da tarde, enquanto o rito não fosse executado, ela começava a se enervar, ficava agitada, apressada, como se procurasse por alguma coisa.

Mas os fins de semana tinham significado especial. Mesmo em épocas que poderiam ser alegres, os sábados e domingos, mais ainda no crepúsculo, ela os reservava à angústia e ao abatimento. Afinal, temia enfrentar a cidade, achava tudo "muito longe", não gostava de ir ao cinema ou aos museus, as lojas estavam fechadas, o shopping sem graça, os bairros silenciosos, os que trabalhavam encontravam-se em descanso merecido ou viagem, e os empregados domésticos de folga. Não havia melhor ocasião para deleitar-se nutrindo o próprio e ocioso masoquismo.

Tia Branca é psicóloga, foi casada com um de meus tios e, mesmo com um novo marido, continua a fazer parte da família. Gosto de chamá-la de "tia". Prestativa e paciente, era para ela que Ema telefonava quando queria passear no Shopping Higienópolis ou precisava do nome de mais um médico.

Talvez porque o lobo das seis horas já começara a transformar-se no lobisomem do weekend, *e mamãe já estava no terceiro uísque, a conversa começou a ficar desagradável, queixosa, girando em torno de uma das poucas pinturas que fizera na vida e não fora escolhida para uma exposição coletiva. Inesperadamente, ela tornou-se agressiva, alçou o tom da voz e me atacou:*

"Berta, você me prejudicou! É por sua causa que não sou reconhecida como deveria! Quero que você, Branca, seja testemunha do que sou vítima: a minha própria filha que escreve em jornal há anos, jamais pediu ao editor uma matéria sobre o meu trabalho. Conhece montes de galeristas e curadores, e nunca arrumou uma exposição para mim. Não me ajudou em nada!"

Surpreendida com a agressão inopinada, uma vez que eu estava lá para visitá-la e minha tia não tinha nada a ver com o peixe, respondi:

"E você, que é minha mãe, me ajudou em quê? Está me cobrando como se eu fosse a sua mãe e tivesse que ser venal por isso."

Tia Branca estava petrificada. Continuei:

"Você está me acusando injustamente, igual à nossa prima Jo Kreisler, também artista, mas já conhecida internacionalmente. Isso, porque sempre fui honesta e porque neste país, onde todo mundo quer tirar vantagem e grassa o joguinho de influências e camaradagens, a noção de honestidade não existe. Tudo é na base das relações públicas. Os pais dela — ele, supercolecionador e seu maior patrocinador — foram horrivelmente agressivos do mesmo jeito, só faltou me baterem na Bienal de Veneza. Você é idêntica!"

Mamãe gritava, continuava a lamentação, fui obrigada a me defender:

"Um político não designa familiares para cargo público, um psicanalista não analisa parentes, um comerciante de arte não faz crítica de arte, um crítico ou jornalista não tem que pedir a um colega de jornal para escrever sobre a sua família, um curador não tem que convidar ou privilegiar parentes em exposições pagas com dinheiro de patrocinadores ou contribuintes. Assim é. Conflito de interesses e nepotismo são coisas a evitar."

Enquanto eu falava, tia Branca fazia sinal de aprovação com a cabeça, mas minha mãe que tinha entrado em uma espécie de delírio persecutório, começou a desfiar insultos a altos brados. Ameaçou jogar o seu copo. A copeira veio até a entrada da sala ver o que acontecia. A cozinheira escondeu-se atrás dela. Mamãe levantou-se e avançou em minha direção, aos berros, como se fosse me bater. Tia Branca interpôs-se, enquanto eu pegava a minha bolsa e rapidamente atravessava o salão para ganhar a mesma porta de vidro e ferro retorcido da nossa infância. Aquela porta que mamãe tantas vezes fechara com violência ameaçando-nos, meu irmão e eu, de abandono, dizendo que seríamos criados pela governante alemã.

Estava com sede, mas não ousei pedir uma água mineral, mesmo se era eu quem convidava. Estávamos ali e já era muito. Como disse antes, Dorothée não gosta de restaurantes, cafés ou casas de chá, onde tenha que beber, comer e gastar. É um de seus únicos defeitos. Certamente tem algo a ver com a antiga bulimia e anorexia. Em todo o resto, ela é generosa demais. Na única vez em que me convidou ao Café de Flore, pediu chá e doce para uma só pessoa, escolheu a menor guloseima da bandeja estendida pelo garçom, dividiu-a em dois, pegou o bulezinho e verteu metade do líquido em meu copo vazio, enchendo a sua xícara com o resto. Comi o meu doce cortado com os dedos, enquanto ela lambiscou o dela no seu pratinho, de garfo e colher, sem nenhum prazer.

Também como já constatei, era difícil para uma pessoa tão econômica, para não dizer pão-dura, compreender como Glica tinha conseguido chegar à ruína.

"Ela viajava adoidado, você sabe", expliquei. "Depois de São Paulo, morou em Londres, Bruxelas, Barcelona e Nova York, durante anos. Nós na miséria, e ela desperdiçando as propriedades, uma a uma, para cobrir as extravagâncias. Isso, quando não vendia os imóveis a preço de banana, com tudo dentro, pois era mais fácil. Agora acabou num pequeno apartamento na Flórida, depois daquelas malogradas experiências nas casas de repouso que ela chama de 'asilos de velhos'. E está infeliz, nos culpabilizando por tudo!"

"Meu Deus, que devastação...", pensou Dorothée, atônita, em voz alta.

"Você acredita que, um dia, o Terence descobriu que ela deixou dinheiro numa conta bancária em Bruxelas e esqueceu? Dá para acreditar que minha mãe jogou na parte de trás da poltrona de um táxi, o embrulho com um valioso fragmento de tecido copta do século VII e uma caríssima estampa indonésia do século XIX, peças que tinha acabado de arrematar na Sotheby's, desceu do carro e, tanto quanto a sua conta bancária em Bruxelas, também o esqueceu?"

Dorothée fincou os cotovelos na mesa, ficou boquiaberta, cobriu a boca com os dedos e sacudiu a cabeça.

"Não me conformo..."

"Se o chofer descobriu o que era e não jogou no lixo, teve sorte... Aquele apartamento duplex de minha mãe, com porteiro e vista para o Central Park em Nova York, permaneceu ainda, por algum tempo, lindamente abarrotado de objetos trazidos de toda parte. Perfeito cenário para o seu jogo de aparências."

"Verdade que, entretempo, ela ajudou o marido doente que ficara em São Paulo", observou Dorothée.

"Sim. Generosidade seletiva. Mamãe sempre ajudou quem jurava amor por ela. Isso contribuiu um pouco mais para a sua derrocada. Também pagou a viagem e estadia de um médico, quando meu filho, seu único e amado neto, ficou doente em Paris. Além de não confiar na medicina francesa, ela achava que o médico lhe contaria o que eu lhe escondia. Profissional, aliás, de grande probidade. Visitava , sem ser chamado, os amigos que descobria no hospital, eles pensavam que era por amizade e depois ele mandava a conta…"

Neste ponto de nossa conversa lembrei, mas não comentei com Dorothée, do quanto Glica me fizera sofrer durante a doença de meu filho. Além da minha preocupação e do padecimento com a situação na qual ele se encontrava, tive que suportar a ânsia de minha mãe em agir e interferir como se ela, com a sua arrogância e impulsividade, onipotência e onipresença, pudesse mudar algo no rumo natural das coisas.

Eu havia refletido sem parar. Tinha estudado um pouco o *wu wei*, conceito taoista que pode ser traduzido por "não agir" ou "não intervenção". Mas que não é uma atitude de passividade e sim da ação em conformidade com a "ordem cósmica original", o movimento da natureza e da Via (Tao). A expressão paradoxal *wei wu wei*, "agir sem agir", foi utilizada por Lao Tse e tem muitas interpretações.

Na verdade, às vezes não fazendo nada, as coisas entram nos eixos sozinhas. Em certos casos, o melhor é ser firme interiormente, controlar a tendência em querer "resolver tudo e ajudar" de maneira errada, ter paciência, deixar o tempo passar. Eu queria deixar a realidade ir se ajeitando um pouco por si, sem agir drasticamente e querer controlar tudo.

Cada minuto é diferente do outro e às vezes cada elemento se encaixa e se resolve sem que saibamos como e porquê. Foi o que aconteceu. Apesar da ansiedade e angústia doentias de minha mãe, que só atrapalharam e nos amargaram ainda mais.

À minha amiga, eu disse apenas:

"Ela infernizou a minha vida como nunca, naquela época! Quando a situação se arranjou com o neto, vieram os problemas com o marido. Mamãe não suportava me ver bem enquanto ela sofria com a doença dele."

"Como foi que ela passou daquele apartamento de luxo que conheci em Nova York, para esse da baía Biscayne, em Miami?", perguntou Dorothée.

"Foi obrigada a vendê-lo igualmente. Uma tragédia! Na época, alugou um apartamento ótimo, não muito longe, na rua 51, entre a Lexington e a Park Avenue, mas dava a impressão de estar indo para um campo de concentração. O dinheiro da venda não durou mais do que dois anos."

Nesse ponto, Dorothée não conseguiu se controlar. Estourou numa risada.

"Desculpe, é que eu imaginei o teatro que ela deve ter feito passando do luxo ao luxo, mas como se fosse uma refugiada em barco de imigrantes..."

"Exatamente o que pensou a minha sobrinha cineasta ao documentar a mudança. É tragicômico mesmo! Mas, como estava te contando, no final não existia outra solução senão experimentar as casas de repouso em Miami e, enfim, mudar para o apartamento onde ela agora se encontra... igualmente infeliz."

"Que castigo!"

"Para ela não é castigo. É injustiça. Jamais tem culpa de nada. Os culpados são os outros... Quando vai visitá-la, meu irmão fica péssimo.

Serve como 'muro das lamentações', coitado. Só que diferentemente daquele de Jerusalém, que recebe orações e papeizinhos com desejos por escrito, Terence é cobrado, chantageado, culpabilizado até não poder mais. Não evoluída e infantil como comentamos há pouco, e como está na carta do Terence, projeta no filho a figura paterna e exige que ele a proteja como o pai dela a protegeu. Não há outra explicação, porque se não fosse isso, ela faria o mesmo comigo, não?"

"Mas ela também lhe trata muitas vezes como se você fosse mãe dela...", lembrou Dorothée.

"É verdade. Agora não sei como vai ser. No meu estúdio parisiense, que é muito simples e pequeno, mamãe não quer ficar, a casa do meu irmão em São Francisco ela detesta por causa das escadas e sobretudo porque teria que 'aturar a nora e a neta'. Nora, aliás, que é uma santa em suportá-la e em se ocupar de suas contas. Da última vez que Franca, a seu pedido, levou-lhe uma camisola de presente, ouviu que o tecido era de má qualidade e a gola a incomodava."

XXXVI

Quantas vezes tentei me lembrar, sem conseguir, se mamãe teria nos efetuado alguma transmissão e eu estaria sendo injusta. Nós nem sabíamos se lia todos os livros que tinha. Se lia, entravam por algum um lado e saíam por outro. Nunca vi qualquer trabalho teórico ou reflexão independente que, embora se considerasse uma intelectual, mamãe assinasse como seu. Mesmo porque, por incapacidade ou preguiça, nunca desenvolveu conceitos próprios. Para quem dizia, como ela, que "fazia o que queria" — estava acima do bem e do mal, e a retidão certamente não era a sua taça de chá — o caminho da facilidade era o plágio, evidentemente.

Lauriano não se lembra de momentos felizes com sua mãe, eu recordo da totalidade tóxica. Como gás de cozinha, ninguém via. Só envenenava quem, como eu e meu irmão, tinha a obrigação de ficar perto.

Contudo, creio que ambos guardamos também a memória de algumas coisas boas. Recordo-me, por exemplo, que ela me mostrava imagens de arte, sobretudo do Renascimento, como as de Filippo Lippi ou Botticelli, quando eu era pequena. Isso quando não apontava Morandi ou De Chirico em grandes livros de luxo. Nada de conceitos que eu me lembre, como os que aprendi com a minha professora de história da arte, paga pela tia Fayga, que me transmitia ideias e narrativas. Minha mãe apenas mostrava as imagens, dizia como eram bonitas e não explicava nada.

Quando visitei Ema nos países onde morou, ela me fez conhecer cidades, levou a concertos e balés. Guardo aquilo como um álbum de fotografias, não como um livro. Todavia, sou reconhecida, assim como sou agradecida pelos ensinamentos que ela havia nos dado de como nos comportar à mesa.

De resto, nossa mãe falava os nomes dos livros que lia, nada do que estivesse dentro deles. Contava filmes também. Sempre achei que tinha uma grande vocação para contadora. Do jeito que relatava, eu a considerava uma espécie de comadre ou "concierge". Dava-me a impressão de contar fofocas. Talvez por isso, eu tenha resolvido analisar cinema e depois obras de arte. Para não ficar, como ela, na extensão bidimensional das coisas.

Enquanto as conversas com Fayga nos proporcionaram verdadeiras descobertas, constituíam viagens ao fundo da alma humana — sempre havia coisas interessantes para aprender e refletir depois — as trocas com mamãe, mesmo que o contexto fosse estimulante graças ao poder de seu dinheiro, nunca tiveram nada de fascinante. Ao contrário, era a mim que, mais tarde, talvez também por preguiça de pensar por conta própria, ela pedia ideias e opiniões que, aliás, não raro, reutilizava como se fossem suas em correspondências e conversas com amigos. Ela me parasitava, eu me sentia usada.

Usar, de certa forma, também é roubar. E roubar uma criação não é muito diferente do que tirar um filho. Depois de um bom tempo que eu iniciara a publicação de minhas críticas de arte, ter me esforçado dia e noite e sido orientada por meus editores — o que equivaleu a muitos anos de estudos universitários —, quando, finalmente, começava apenas a ser conhecida, com um primeiro prêmio que me dera grande estímulo, ouvi pessoas do círculo de minha mãe dizerem que era ela quem escrevia meus textos. Perguntei a mamãe se ela tinha conhecimento disso, ela respondeu que sim e que "ficara muito contente quando lhe perguntaram".

"Você negou, espero."

"Não neguei, nem confirmei", respondeu rindo.

Mais tarde eu soube que um amigo de mamãe, intelectual a quem ela havia seduzido com as suas imposturas habituais, lhe perguntou:

"Os artigos de sua filha, ela é tão jovem... É você quem escreve, não?"

Ela mostrou ficar muito feliz com a pergunta e respondeu:

"Como é que você adivinhou?"

≈ · ≈

Tudo mudou quando eu — que por algum milagre, apesar de tudo, não perdia a energia e o entusiasmo, e com meu filho ainda pequeno — reencontrei o amor na casa de amigos, numa das praias de Guarujá. Fui com um pretendente, voltei com o outro e não nos separamos mais. Otávio fora meu colega de classe na infância, tinha-se formado arquiteto e, com a ajuda dos pais, montado um escritório de sucesso, especializado em vistorias, laudos e avaliações técnicas. Mamãe foi contra o namoro, titia ficou feliz.

Como com Lauriano, Ema não gostava e tinha ciúmes da maior parte das pessoas que se relacionavam comigo. Para ela, que me havia feito cair numa armadilha e casar com um homem errado apenas porque ele tinha prestígio intelectual e profissional, ou talvez porque quisesse que eu lhe desse um neto para poder roubar, um homem "normal" — que, além do mais, jamais deixaria que a sogra se apropriasse de nosso filho —, não interessava.

Segundo mamãe, o meu escolhido era "bonito demais, um playboy, estava bem de vida, andava de carro esporte, porém não tinha cultura nem nome, não era para mim". E, no entanto, eu encontrara finalmente um homem íntegro e protetor que eu amava e com quem decidi ter o meu segundo filho. Ele me fez ver que as pessoas podiam ser honestas, ao contrário de minha mãe. Mostrou-me que o que antes eu achava natural, era simplesmente imoral.

Esse meu Pigmalião costumava dizer que tinha me encontrado "na calçada". Hoje entendo o que Otávio queria dizer. No dia em que eu quis imitar minha mãe, não pagando a costureira, ele ficou indignado e furioso! Desde então, comecei a perceber que não era "natural e engraçado" uma milionária "esquecer de pagar", roubar revistas na banca de jornal, enrolar os comerciantes, acertar coisas com favores, andar enquanto turista em transportes comuns sem bilhete, mentir o tempo todo, forjar o currículo com títulos e diplomas universitários que não possuía e negligenciar os próprios filhos.

Tentei me afastar, mas de uma forma ou de outra, ela conseguia me "agarrar". Grudou não apenas em mim, mas em nossa família. Não dava a mínima para o nosso filho, continuava a gostar só do primogênito, mas ocupou o espaço que nos pertencia com a sua presença, de uma forma abusiva, como se, de certa maneira, a nossa casa também lhe pertencesse. Aproveitou-se de nossa generosidade, chegou até mesmo a viajar conosco. Éramos obrigados a tratá-la como se fosse uma "amiga", mesmo que já adivinhássemos que "mães cúmplices" são as piores armadilhas. Ema ficava furiosa quando fazíamos um jantar ou uma festa e não a convidávamos. Sentíamos ansiedade com suas chantagens e ameaças.

Meu marido aparentemente suportou a invasão da sogra, mas os sapos engolidos por ele saíam por outros lados e tomavam formas às vezes perversas. Entendo-o. Apenas hoje vejo que Otávio foi paciente demais. Na época, eu continuava a considerar usual e aceitável o comportamento dela. Demorou para que conseguisse captar o quanto a sua dominação, exigência e seu controle, interferiam na nossa relação. Mas, então, já era tarde demais.

≈ · ≈

No dia em que comuniquei à mamãe que pretendia ficar à cabeça da instituição cultural mais importante do país, ela respondeu:

"Você?"

Ela não, mas meu marido acreditou em mim. E me apoiou. Quando consegui realizar esse sonho, portanto, enquanto Ema de novo parasitava vergonhosamente o meu sucesso, Otávio continuava a contribuir com ele. Orientava-me, respeitava-me, comprava todos os livros e revistas dos quais eu precisava, íamos aos grandes festivais e exposições do planeta, convidávamos o mundo do cinema e da arte à nossa casa, fazíamos viagens enriquecedoras para o meu trabalho. Vivemos felizes quase uma década e meia, porém o casal que formávamos não conseguiu superar a famosa "coceira dos sete anos", pela segunda vez. Além do acúmulo de saldos negativos em nosso relacionamento, bastante deteriorado pela companhia tóxica de minha mãe, dediquei-me demais ao trabalho e àquela instituição.

No começo, Otávio tinha orgulho de mim. No final, acusou-me de infidelidade:

"Contra um amante a gente sabe o que fazer. Contra uma instituição não se pode fazer nada", disse ele.

E, assim, também encontrou uma amante, o que me levou a pedir o divórcio. Mas como eu não tinha dinheiro próprio, e minha mãe, com a sua generosidade habitual, não quis me ajudar a pagar um advogado honesto, ela se arranjou para conseguir um primo que "faria o trabalho gratuitamente".

Sim, o trabalho foi gratuito, porém ele recebeu o suficiente de Otávio para me convencer que o pouco que me coube era justo. Isso, porque eu não quis ouvir o seu conselho de "fazer um divórcio litigioso, acusando meu marido de infidelidade" com as provas que tínhamos, exigindo a guarda de meu filho e "arrancando uma boa grana ", da qual o meu primo receberia uma porcentagem.

Evidentemente que, entre um processo traumatizante e um divórcio amigável, nem que isso fosse contra a vontade daquele advogado venal, preferi o segundo. Para mim, que sofrera na pele a separação litigiosa de meus pais, era impensável fazer a mesma coisa com meu filho.

No hospital, em seu leito de morte, esse primo confessou o que tinha na consciência. Graças à moral judaica que tinha orientado tia Fayga, na mesma família, pelo menos ele "não quis morrer sem confessar que me prejudicou". Um dia depois, se foi. Não poderia mais perder a sua inscrição da Ordem dos Advogados do Brasil, mas o mal estava feito. Fui tolhida pela traição de um primo, mesquinharia de uma mãe e habilidade do Otávio que subornou o meu advogado certamente pensando fazer o que, para ele, "era justo", mas representava apenas o mínimo necessário para que eu — que nunca pude me sustentar por meio do meu trabalho intelectual — vivesse muito modestamente.

Estivemos casados quatorze anos, durante os quais ele se tornou milionário, dei-lhe um herdeiro e saí do nosso casamento com um apartamento minúsculo para mim e outro para meu filho mais velho (no lugar de um grande como Otávio me propôs, mas eu preferi proteger o meu primogênito), uma pequena quantia de dinheiro, alguns quadros, móveis e objetos que eu não queria, mas minha mãe me obrigou a exigir, e um terço de um imóvel em Santo André, junto com dois coproprietários: minha mãe incompetente e Stefan Heller, agente imobiliário e estelionatário. O imóvel que, naquele momento, servia como loja de pneus, me dava um aluguel equivalente ao salário mínimo francês. Hoje, depois dos trambiques do estelionatário e locatário, da negligência de minha mãe e da alta do dólar, equivale à metade.

Comecei a tomar consciência de que precisava fugir do mal que mamãe me fazia no lançamento de meu segundo livro. Eu estava radiante. Além do mais, recebia uma condecoração cultural por serviços prestados à arte e ao governo francês. A prestigiosa editora Panorama *escolheu um bar da moda. Estava repleto de amigos e leitores que quando não faziam fila para a dedicatória, fumavam, bebiam e conversavam. Até mesmo o saudoso Haroldo de Campos, que me havia orientado em alguns momentos de minhas pesquisas, estava lá.*

Logo depois da cerimônia de entrega da medalha, comecei a escrever as dedicatórias nos livros, sobre uma pequena mesa. Imediatamente, mamãe foi buscar uma cadeira e sentou-se do meu lado para receber os cumprimentos. As pessoas não sabiam a quem se dirigir primeiro; os que se encontravam mais atrás se adiantavam, mamãe falava ao mesmo tempo que eu, interrompia os convidados que me dirigiam a palavra — a cacofonia era total. Eu não conseguia nem mesmo prestar atenção no que escrevia. Depois de uma meia-hora, chamei-a reservadamente e disse, em voz baixa, que preferia receber os meus convidados sozinha. Ela começou a me insultar aos gritos, dizendo que, nesse caso, "ía embora". Enquanto alguns amigos arregalavam os olhos indagando-se o que acontecia, ela virou as costas e deixou o bar ostensivamente.

Não preciso dizer que Ema levou junto com ela boa parte da minha alegria, como sempre fazia em todos os eventos importantes para mim.

Ela, que é a pessoa mais covarde que eu conheço — em vez de arregaçar as mangas e ajudar (como costumo fazer) se tranca no quarto de medo quando seu neto preferido tem um episódio epiléptico —, veio me procurar quando eu já estava sentada e ia começar uma conferência na Pinacoteca de

São Paulo, na inauguração de uma exposição que organizei. Desesperada, gesticulava, passava as mãos nos cabelos, na frente de todos, dizendo que o neto acabara de ter uma crise na entrada do prédio. Antes de me levantar, procurei-o com o olhar no auditório e ele já estava lá. Sorria, conversando normalmente com a namorada. Ela preferiu não me poupar, mesmo sabendo que isso não ajudaria em nada. E eu, naquela noite, nem sei como consegui falar.

Também as duas sonhadas aberturas das exposições mais importantes que organizei, para as quais trabalhei arduamente durante anos, ela conseguiu atormentar. Na primeira vez, como não podia lhe dar atenção e convidá-la para ficar ao meu lado enquanto eu recebia as autoridades, ela fechou a cara e novamente avisou que não ficaria. Na segunda foi pior: pelo mesmo motivo, disse que estava passando mal, que "se morresse seria por minha causa", e foi embora.

Não havia uma só inauguração de evento que eu organizasse ou conferência da qual participasse, em que Ema não criasse caso, provocasse estresse ou fizesse algum escândalo gratuito e depois fosse embora, me deixando com um gosto amargo. Criou situações desagradáveis, cada vez diferentes, também em todos acontecimentos culturais protagonizados por seus irmãos.

A um querido amigo psicanalista que vira a cena do lançamento no bar e não se surpreendera nem um pouco porque já a conhecia, eu disse que estava pensando em ir viver em Paris "sobretudo para fugir dela". Ele passou o braço em meus ombros e respondeu em meu ouvido:

"Acho que é o melhor que você tem a fazer. Vou te indicar um amigo lá, filósofo, ex-psicanalista com muitos livros publicados e maravilhoso adepto de terapias curtas. Ele vai te ajudar a se adaptar à sua nova

vida. Eu visitarei você em Paris e iremos à Gare de Lyon almoçar no 'Le Train Bleu'!"

Com meu divórcio de Otávio e mudança definitiva, mamãe chegou a pegar para si, dar ou vender alguns de meus pertences sem que eu soubesse, e enquanto eu não vendia o meu pequeno apartamento, ela o emprestava aos seus amigos sem me pedir permissão. Era sempre muito penoso continuar a não poder ter confiança em minha própria mãe, me sentir tratada sem qualquer tato e respeito como quando eu era criança, quando a minha vontade e a minha pessoa não existiam. Saber que, além de impostora, ela podia ser invejosa, mentirosa, traiçoeira, não ter palavra, não cumprir o que prometia, não dar a mínima para o sentimento dos seus próximos. Mais duro ainda era vê-la ficar, quanto mais envelhecia, cada vez pior. E mais falsa: num crescendo, as suas palavras melosas contradiziam seus gestos e ações.

Por causa do imóvel em comum e de meus impostos, fui obrigada a lhe dar uma procuração, justamente à ela que não raro, por negligência, me fazia perder dinheiro com câmbio e doleiros quando eu lhe pedia o favor de me enviar o aluguel. Para se vingar, deixou de contatar o contador para que este declarasse o meu imposto durante os anos em que eu não quis mais vê-la porque ela tinha insultado meu filho caçula. Eu, que pensava que meus impostos estavam em dia e o serviço do contador continuava pago com o dinheiro do meu aluguel, como combinamos — palavra dada é sagrada, certamente eu faria isso por um filho, mesmo que ele não falasse mais comigo —, fui obrigada depois a entregar ao fisco uma pesada multa.

Passado aquele período, quando voltamos a falar, mesmo longe, com telefonemas e mensagens, ela continuou a me assediar, exigir, pedir, reclamar. A Lauriano igualmente. Isso, quando não viajava para onde estivéssemos ou quando não fôssemos obrigados a ir aonde ela residia. Eu e meu irmão escondíamos tudo que de bom nos acontecesse, sabendo que se revelássemos alguma coisa receberíamos uma tremenda represália.

Mamãe nunca me consultou sobre as mudanças que fazia no contrato e nos documentos que o nosso sócio a fazia assinar por mim. Tratava-o como a um filho, recebia-o em casa com cházinhos, enchia-o de presentes, como de hábito.

Porque era mais fácil e cômodo para ela, e por preguiça, Ema deu a "administração", não jurídica porém "moral" a Stefan Heller que, nas nossas costas, fez um trato com os inquilinos milionários, seus amigos: convenceria Ema a alugar o imóvel por um preço derrisório, caso o aluguel da parte dele fosse justo. Depois, chorando a "dificuldade" dos locatários, Heller tentou persuadi-la para que começássemos a receber apenas a metade daquele aluguel já miserável e defasado. Ela estava prestes a aceitar a proposta, porém, dei um basta.

Mesmo quando começou a supor o que o salafrário aprontava, mamãe preferiu a denegação, enterrou a cabeça para não ver e deixar as coisas como estavam. Se eu não tivesse retirado dela a procuração e tomado as rédeas do negócio, no qual os bandidos ficaram quase um ano inadimplentes, eles — que têm um superfaturamento, ocupam vários galpões em Santo André e empregam centenas de funcionários — estariam até hoje instalados de graça no nosso imóvel.

Enquanto fazia e provava exatamente o contrário, mamãe se esmerava em dizer o quanto "nos amava", "queria o nosso bem", "jamais seria capaz de nos prejudicar". A verdade é que nunca fui tão prejudicada e tão pouco amada por alguém como por minha própria mãe.

Saímos do café e continuamos a conversar, enquanto nos dirigíamos à Place de Vosges, nosso lugar habitual. Costumávamos ir invariavelmente à livraria do Hôtel de Sully, depois olhar as vitrinas e, por fim, quando o tempo estava bom, sentar em algum banco para conversar. Com as mãos geladas, como sempre, Dorothée me pegou pelo braço, para atravessar a rua. Um motorista de táxi desrespeitou o farol, atravessou a faixa de pedestres na nossa frente e eu, depois de xingá-lo, comentei:

"Quando vinha me visitar, mamãe pegava táxi até para ir à farmácia do bairro. Recusava-se a andar de metrô e à pé. Ônibus ela adorava, sobretudo porque usava-o como turista no OpenTour, divertindo-se por não ter pago o bilhete. Não é que ela seja apenas desonesta. Penso que também nunca soube o que é consciência cívica... "

"Pena que não foi multada. Ela gosta de Paris?", perguntou Dorothée.

"Da última vez que aqui esteve, disse que não entendia como eu podia viver nesta cidade, 'onde tudo é uma luta'."

"Sua mãe deve achar que lutar faz mal à saúde", foi dizendo Dorothée, enquanto nos acomodávamos em um dos bancos da praça.

"Exatamente! Mamãe tem medo de tudo. Nunca lutou para viver, nunca trabalhou, não soube o que é esforço, pensa que é perigoso", respondi, rindo. E acrescentei:

"Viveu em tal moleza e parasitagem, que isso explica muita coisa, não acha? Na única vez em que o meu avô lhe deu dinheiro para abrir uma gráfica em sociedade com um famoso designer, ela deixou o rapaz trabalhando sozinho e nunca apareceu no escritório."

"Você me contou. A gráfica chamava-se *Naforma*."

"Puxa, que memória, Dorothée! Isso mesmo. E o designer era o talentoso Adriano Wollker, formado pela escola de Ulm. Lembra dele? A ideia era desenvolver projetos gráficos do mais alto nível. Ela arrumou a escrivaninha dela lá, da mesma maneira como arruma os ateliês e escritórios: compõe o cenário, mas não usa. Sumiu e, como sempre, perdeu uma grande oportunidade pois o Adriano desenvolveu aquilo maravilhosamente. Criou programas de identidade visual pioneiros para empresas nacionais, marcas, anúncios, sistemas de sinalização, design editorial, linhas de embalagem e cartazes. Montes de artistas famosos colaboraram, trabalharam sério construindo a história do design no Brasil, e a Glica o que fez? Foi viajar e embromar. Combater não era com ela."

"Mas a sua mãe via você guerrear. Eu sou testemunha do quanto você batalhou na vida. Por tudo. Trabalho, filhos, dinheiro, moradias... "

"Dorothée, você sabe. Ela ficava desesperada em ver o meu esforço. Desenvolvia uma espécie de fobia pelo meu trabalho. Telefonava diariamente preocupada à minha assistente para saber se eu estava bem, perguntava onde me encontrava, quantas horas ficara lá, como se o trabalho pudesse me deixar doente. Quando a minha assistente via a Glica chegar para algum evento que organizávamos, não me avisava. Passou a me proteger de minha própria mãe."

Nessa altura, passaram diante de nós uma típica parisiense com um cachorro da raça Spaniel de Pont-Audemer e seus lindos pelos encaracolados. Os dois portavam o mesmo penteado e a roupa dela tinha as cores do cão. Ficamos em silêncio, acompanhando os passos dos dois, que também eram idênticos. Não pude me impedir:

"São tão a 'cara de um, focinho do outro', que não consigo descobrir qual é o mais humano."

Ríamos ainda quando resolvemos sair dali, atravessar a rua Saint-Antoine e nos dirigir à estação de ônibus Saint-Paul. No caminho, Dorothée perguntou:

"A sua mãe venera mitos?"

"Só venera! Por quê?"

"Porque se você quiser saber quem são os egocêntricos entre as suas relações, primeiro descubra os que veneram mitos. E, depois, verifique se isso acontece porque eles nunca encontram pessoas mais dignas do interesse deles do que eles mesmos. Então... fuja!"

Não pude dizer o quanto ela estava certa, o meu ônibus chegava naquele minuto. Nos despedimos aos beijos e abraços. Voltei para terminar o livro.

XXXVII

O meu primogênito já estava na universidade e eu ainda não pensava em fugir, mudando-me para Paris. Numa festa de casamento, reencontrei o advogado da família. Fora ele, Dr. Saulo Luís Segovia, homem experiente e letrado, o estimado defensor que me contara mais tarde a consulta feita por minha mãe quando ela queria roubar o neto e ele "a mandou passear".

Dr. Saulo já estava aposentado, mas lembrava perfeitamente de nossa história. Sabia que Lauriano e eu havíamos tateado o nosso caminho como dois cachorrinhos sem raça definida. Depois, acompanhou o nosso percurso com benevolência e satisfação. No dia em que precisei dele para resolver um problema trabalhista e conversávamos, o advogado afirmou: "mesmo que ambos sejam autodidatas, com a inteligência herdada de seu pai, vocês têm se saído muito bem."

A necessidade de trabalhar para sobreviver não nos deixou muitas opções. Tive a sorte de encontrar pessoas formidáveis e fundamentais que me orientaram no meu caminho e também um marido rico e generoso que amava meu filho, a quem demos um irmão. Papai tinha razão. Ficando neste país e família, certamente não conseguiríamos a formação e, mesmo que tenhamos "nos saído bem", não foi o futuro que ele desejou para nós.

Ignorando que estávamos numa festa, e sem que eu tivesse tocado no assunto, o Dr. Saulo Luís disse espontaneamente:

"O que sua mãe tentou fazer com você é típico de um egocêntrico. Egocentrismo é uma tendência a esquecer o outro, é um obstáculo à amizade e ao amor. Impede de evoluir, força as pessoas a ficarem monolíticas,

torna-as indiferentes, maldosas e resseca os seus corações. É muito dura a relação com alguém assim. É tão dura quanto a relação com psicóticos ou pessoas portadoras de outras desordens psíquicas."

"Por que me diz tudo isso, Dr. Saulo?"

"Digo, porque acho que você e seu irmão viveram a vida inteira pensando que a sua mãe 'tem problemas' e 'defeitos' como todo mundo, que é assim por causa da educação e experiências que teve. Penso que deveriam saber que, além disso, ela sofre igualmente de uma desordem psíquica, conhecida e definida na psicologia clínica. Fui advogado de família, tenho formação de psicólogo, você sabe."

Percebendo a minha atenção, o Dr. Saulo prosseguiu:

"Claro, a desordem psíquica não desculpa o caráter. O egocêntrico é imaturo, continua em estado infantil de 'centro do mundo', não tem tato, comete gafes porque não se coloca no lugar de outrem, não tem paciência, tolerância à frustração, senso de renúncia. É narcisista, rejeita as diferenças, só aceita os que espelham uma imagem gratificante dele mesmo. Parece generoso pois dá tudo que pode para receber amor e se enxergar positivamente no olhar das pessoas. Pode posar como protetor ou salvador, mas pode também tornar-se tirânico, injusto, maldoso e até mesmo cruel. O egocêntrico não sabe amar. Não tem compaixão. Só se interessa pelo outro se este pode servir, de alguma maneira, aos seus próprios interesses."

"Uma egoísta!", exclamei.

"Não é egoísta. Egoístas não se preocupam com a opinião alheia. O egocêntrico se preocupa demais. A sua mãe depende do julgamento das pessoas para viver e ter uma identidade. Quer ser amada, admirada, reconhecida. É também incriticável. Qualquer crítica ou questionamento

pode 'destruí-la' ou deixá-la muito infeliz. Provavelmente ela sempre escolhe no discurso do outro aquilo que lhe é favorável. Não aceita opiniões, não compreende um ponto de vista diferente do seu, não entende a sociedade. Analisa o mundo apenas do seu próprio ângulo. É profissional e socialmente incompetente. Ema não é assim?"

Eu estava boquiaberta. Nunca tinha ouvido descrição mais perfeita de mamãe.

O Dr. Saulo continuou:

"Tem muito mais. Quer ver? Além de tudo, o egocêntrico é hipocondríaco, voltado a si e ao próprio corpo. Fica eternamente à procura de médicos que lhe digam o que quer ouvir. É autocentrado também em sua própria psique, emoções e sentimentos. Geralmente permanece em psicanálise ou terapia a vida inteira. Sente-se perseguido e desaprovado. Como se auto-observa permanentemente, ele pensa que o mundo o observa também. Não tem autocrítica e também nunca aceita os próprios erros. Se deixa cair um vidro de geleia, a culpa será do outro porque o vidro 'estava mal colocado'."

"É como se ele a conhecesse na intimidade", pensei, divertida. "Será que o Dr. Saulo teve um caso com ela e nunca soubemos?"

O advogado-psicólogo começou a se empolgar com a própria descrição:

"Essas pessoas voltadas a si possuem caprichos e veleidades. Suas vontades devem ser satisfeitas imediatamente, o que é explicado pela permanência no 'estado infantil' de 'centro do mundo'. Possuem um sentimento de insegurança, dependência e dúvida, geralmente devidos a uma educação superprotetora que lhe evitou toda sorte de contratempo. Têm um forte sentimento de inferioridade por medo de perder a imagem de si que os outros lhe enviam. Freud explica: quem é demasiadamente

entregue a si mesmo e à própria imagem, tem tendência à impostura e indiscrição. Ela não é assim? "

"Exatamente assim", respondi. "Mas a mamãe tem quem a admira, como a ex-mulher do meu primo que você conhece, que se considera sua amiga íntima. Ela e uma outra, as duas psicólogas como você, me disseram que sentem compaixão... Minha mãe diz que não tem amiga, mas elas se consideram suas amigas."

"Não me surpreende, Berta... Só os amigos que se deixaram enrolar e que, no fundo, são ou querem ser como ela, podem sentir compaixão. Para quem é um pouco mais agudo e não se deixa enganar é difícil gostar de uma pessoa assim. Um idoso indigno, ambicioso descomunal, deve ser desculpado apenas porque é idoso e está perto da morte? Deve ser perdoado o egocêntrico que estabelece um ideal elevado demais para as suas capacidades, o que o obriga a se concentrar sobre si mesmo e a utilizar todos os meios para atingi-lo, sendo que em caso de fracasso, a culpa é sempre dos outros?

A essas alturas o meu advogado e amigo já começava a olhar por cima do meu ombro para verificar se a família dele se impacientava. Mesmo assim, respondi:

"Mamãe estabeleceu um ideal elevado demais também para os filhos cujas realizações exibe aos outros como se fossem dela. Vive dizendo ao Lauriano que ele 'não é reconhecido' como escritor, no fundo exigindo dele que seja um 'grande' como se quisesse vê-lo frustrado como ela, lamentando falta de reconhecimento, o que é um absurdo! Na verdade, como perfeita mãe tóxica que é, ela gostaria que meu irmão fosse famoso, não por ele, mas por ela. Para usar uma celebridade que ela mesma não alcançou. Quer fazer com ele o mesmo que fez com a glória de alguns de seus próximos."

"Poucas coisas são piores do que pais tóxicos, conheço bem... Foi muito bom te encontrar Berta, mas tenho que ir ficar com o pessoal. Só para finalizar, posso te dizer ainda — e acho que aqui também você vai encontrar características de sua mãe — que todo egocêntrico não admite concorrência, vê os outros como inimigos. As pessoas são sempre uma ameaça à sua ambição. Fora que ele não suporta ficar consigo mesmo, odeia o vazio interior. Costuma preencher esse vazio com todo tipo de distração e consumo físico, material ou intelectual. Não raro é bulímico de leitura, mas não lembra do que leu e recusa qualquer aprofundamento de questões por medo de ficar desestabilizado e porque não gosta de fazer esforço. Sofre de preguiça. É infeliz, angustiado e ansioso. Padece também com a perda de contato e o isolamento. Não se gosta. Não se respeita. Não se aceita como é. Gosta apenas da sua imagem ou daquilo que gostaria de ser. Isto é o egocentrismo."

Neste ponto, o Dr. Saulo Luís fez uma pausa, retomou o fôlego e me perguntou:

"Você leu Madame Bovary *de Gustave Flaubert?"*

"Não", respondi. "Só vi o filme com Isabelle Huppert. Excelente atriz!"

"É muito estranho que a sua mãe se chame Ema e você, Berta. Quem lhe deu esse nome?"

"O meu pai."

"Ouvi dizer que ele era brilhante. O que fazia?"

"Ex-herói de guerra, foi ativista de esquerda, industrial, fazendeiro e crítico literário", expliquei.

"Crítico literário... Então, está esclarecido." E concluiu, sorrindo:

"Sempre achei a sua mãe... Desculpe, tenho que ir, dê um grande abraço no Lauriano quando o vir.

~ · ~

Tudo que passei com minha mãe, todavia, foi igualmente didático. Tornei-me sedenta de honestidade, competência, retidão, transparência, franqueza e outras qualidades, porque o exemplo contrário também é um exemplo. Lauriano acabou um pai exemplar. Tanto ele quanto eu nos construímos desde cedo para, na maturidade, em plena consciência, sermos o oposto de nossa mãe.

Chegamos ao residencial sênior e pedimos para ver o diretor. Eles tinham os próprios serviços funerários mas não sabíamos onde ficava o Funeral Home. Provavelmente, bem afastado dos residentes. Atravessamos as salas que nos eram familiares, depois de tantas visitas. Eu estava ansiosa, Lauriano parecia calmo.

Mr. Ramirez levantou-se de sua escrivaninha e nos cumprimentou cordialmente como sempre, mas desta vez com algumas palavras de conforto. Agradecemos, Lauriano não sabia bem o que dizer, eu me adiantei. Mesmo se estivesse sendo injusta, tive vontade de declarar em alto e bom tom que eles tinham um trabalho muito ambíguo: por um lado útil e caridoso, por outro comerciavam com a velhice e a morte, eram uns mercenários desgraçados! Claro, só perguntei onde estava a nossa mãe.

Ele nos acompanhou à sala de espera, nos fez sentar, não nas cadeiras, mas nas duas únicas poltronas que havia e pediu que aguardássemos:

"Please, help yourself", disse Mr. Ramirez, apontando a máquina de café, as revistas e os livros sobre a mesinha.

Entre as publicações, via-se Understanding Cremation, Finding Hope After the Death of Your Cat, Una Guía Para Planear Un Funeral — A

Guide To Funeral Planning (Spanish), Am I the Last One Left? (Facing Grief in the Senior Years) *e a* Seleção da Reader's Digest *de 2012, consagrada aos Jogos olímpicos de Vancouver.*

Eu não sabia se ria ou chorava, mas preferi imitar Lauriano que estava silencioso e cabisbaixo. Por alguns instantes ele me deu a impressão de que lhe voltava aquela culpa difusa de que a nossa mãe o fez sofrer a vida inteira. Talvez se sentisse culpado pelo fato de ela ter morrido numa casa de repouso ou de não estar presente quando morreu... Olhava o meu irmão e pensava que foi talvez uma dessas ironias do destino que obrigaram Lauriano a se mudar para os Estados Unidos, justamente o país de onde era originário o nosso pai.

Hoje, meu editor me chamou. Ou talvez ontem, não sei. Recebi uma mensagem na secretária eletrônica, avisando: *"Como Matei Minha Mãe* está entre os quatro finalistas do Rocourt, com grande chance de ganhar. Cerimônia depois de amanhã. *Sentiments distingués".* Isto não quer dizer nada, foi talvez ontem. Então, preciso comprar uma roupa.

Todos os anos, desde 1914 — com interrupções devidas às duas Grandes Guerras — os dez membros da Academia Rocourt pronunciam a sua decisão no restaurante Drouot à hora do almoço. Como manda a tradição, o vencedor é escolhido entre quatro finalistas, no elegante salão Rocourt do primeiro andar. O prestigioso prêmio literário é invariavelmente anunciado pelo secretário-geral da academia nos degraus da famosa escadaria de ferro forjado, sob os olhos de pelo menos uma centena de jornalistas. Após o anúncio, o vencedor — geralmente mais felizardo do que meritório — é esperado na mesa dos acadêmicos para receber o cheque simbólico e degustar um prato com eles. Isso se conseguir se desvencilhar dos jornalistas e comer alguma coisa, depois de tanta emoção. Um pouco como se tivesse ganho a Mega-Sena brasileira ou a Super Loto na França.

Drouot fica a 5,4 km de onde moro. Chegarei em dezesseis minutos, pouco antes do veredito. Se receber aquele cheque de dez euros, menos do que gastarei com o trajeto, vou enquadrá-lo como suvenir. Mas não terei mais que pedir nenhum *advance* a ninguém, trabalharei como quero. Nenhum editor precisaria me dar um pouco de dinheiro adiantado porque eu iria escrever como matei a minha mãe e ficar de cara amarrada para que eu precisasse dizer: 'não é minha culpa', e ele ficar calado enquanto eu pensasse que não deveria ter dito aquilo. Afinal, eu não teria do que me desculpar, ele é que deveria me dar os parabéns. Coisa que o meu editor certamente faria quando me visse com o livro pronto. No momento, é um pouco como se mamãe não estivesse viva. Depois do prêmio, aí sim, também como no pastiche-homenagem a Camus "seria um caso resolvido e tudo revestido de um caráter mais oficial".

XXXVIII

Ainda nos encontrávamos diante das revistas e livros sobre a mesinha, e nada de Mr. Ramirez aparecer para nos conduzir à nossa mãe. "Chegamos rápido demais a Miami", pensei. "Talvez ainda esteja preparando os serviços funerários." As palavras naquele e-mail que recebemos do residencial sênior no dia anterior ainda martelavam na minha cabeça: "A sua mãe faleceu. O enterro será amanhã. Nossos sentimentos."

Por alguns momentos, e por causa do tecido quadriculado das poltronas, eu tive a impressão de que estávamos numa das salas do Golfe Clube, perto da "chácara do telhado amarelo" da nossa infância. Levantei-me, aproximei-me da máquina de café e sem perguntar se Lauriano queria uma, enchi duas xícaras, a dele sem açúcar. Enquanto lhe estendi a bebida quente, pensei que também era uma estranha ironia perdermos a nossa mãe no país onde nascera o nosso pai, sendo que já os havíamos perdido, tanto um quanto o outro, desde pequenos. E reencontrado ambos, apenas quando já estávamos adultos. Contudo, a descoberta mais rocambolesca fora, sem dúvida, a de nosso pai.

O Natal de 1987 se aproximava quando recebi uma carta na instituição cultural brasileira em que trabalhava. A remetente era Anna E. Dreyfuss e o papel vinha com o timbre da Escola de Direito da Universidade de Nova York. Mal sabia que essa missiva mudaria o nosso destino. Depois de trinta anos, eu nem lembrava mais quem era aquela pessoa.

De seu lado, Anna E. Dreyfuss — que, na verdade, é minha prima, filha de tia Rachel, a psicanalista, irmã de Louis Adams — também não tinha certeza se a sua destinatária seria a mesma Berta Kreisler que ela conhecera pequena.

No dia 9 de dezembro do mesmo ano, uma quarta-feira, ela vira o meu retrato no The New York Times, *ilustrando a reportagem do correspondente em São Paulo sobre o segundo grande evento artístico que organizei lá. Além de reconhecer o meu nome, acreditou lembrar do meu rosto e da mesma pinta no pescoço que trago até hoje. Tentando um contato comigo, enviou a carta ao endereço da instituição, como quem joga uma garrafa ao mar.*

Ao chegar em casa, liguei imediatamente para São Francisco:

"Lauriano, você construiu boa parte da sua vida procurando nosso pai e eu passei a minha, tentando esquecê-lo. Chegou o momento de você saber onde ele está e eu poder finalmente tirá-lo de minha memória!"

De imediato, Lauriano entrou em contato com Anna que lhe confirmou que Louis Adams estava vivo e depois com tia Rachel que lhe pediu um tempo para saber se o pai queria ou tinha condições de encontrá-lo. Passaram-se poucos dias, meu irmão estava em seu escritório, quando o telefone tocou:

"Lauriano?"

"Yes."

"I cannot believe!", exclamou papai.

"Neither do I", respondeu meu irmão, reconhecendo a sua voz.

Esse foi o primeiro diálogo deles, depois que Louis Adams desaparecera da nossa vida, havia três décadas. Os demais não demoraram a vir, para horror de nossa mãe, que não apreciava nada do que estava acontecendo. Lauriano combinou de voar a Nova York e passar o fim de semana com papai e sua esposa. Propôs que eu fosse encontrá-lo para irmos juntos. Eu não tive a mesma coragem e o mesmo desejo que o meu irmão. Aguardei, ansiosa, para que me contasse como se passou o encontro.

Louis Adams e Maddy moravam em um daqueles típicos brownstones, sobrados estreitos do Brooklin. Ele, professor aposentado de linguística na Universidade de Nova York, continuava a pintar e expor trabalhos em estilo misto de Ben Shahn com Alex Katz, em pequenas galerias. Com a ajuda de sua mulher, estava sóbrio. Não bebia mais nenhuma gota de álcool. Lauriano fotografou tudo, até mesmo as pinturas.

No domingo, foi a vez de o meu telefone tocar. Eu estava em casa e pegava um livro no alto da biblioteca. Estendi o braço para alcançar o aparelho.

"Berta? This your father."

Tive a sensação de que a terra fugia sob meus pés e eu iria cair. Caiu o livro e segurei com força o canto da escrivaninha:

"Como você está?", perguntou em inglês. Não reconheci a sua voz.

"Estou bem, e você?", respondi também em inglês.

"Ouvi dizer que trabalhamos no mesmo campo, isso é muito bom." Ele falava como se eu fosse uma velha amiga perdida de vista. O tom era indiferente e desenvolto.

"Sim... E talvez um dia nos encontraremos", gaguejei. Eu não sentia a mesma desenvoltura mas, tanto quanto ele, não sabia o que falar.

"Certamente! Vamos nos encontrar, sim. Mas agora, devo desligar. Seu irmão está aqui."

"Claro. Até logo."

"Até logo."

Soube por Lauriano que ele ligara porque Maddy praticamente o assediou, perguntando o tempo todo "se não ia telefonar à Berta". E, no entanto, foi a última vez que ouvi a sua voz. Doze meses depois, ele morreu de um aneurisma cerebral, aos setenta anos, na sala de espera de um aeroporto. A voz de Lauriano estava emocionada quando me anunciou, e eu chorei. Perder um pai abstrato não deixa de ser uma perda.

Quanto ao único encontro deles, um ano antes, mesmo se eu tivesse os detalhes, não ousaria relatá-los pois pertencem a meu irmão. Sei que foi interessante, certamente esclarecedor e determinante para ele. Papai e Maddy o acompanharam ao aeroporto e, assim que meu irmão pôs os pés em São Francisco, me chamou:

"Berta, lembra do nosso pai?"

"Lembro. Éramos crianças, mas lembro de tudo."

"Lembra como ele era, pensava e fabulava? Lembra dos seus defeitos e qualidades?", perguntou Lauriano.

"Lembro", respondi.

"Pois é. Nosso pai é exatamente o Louis Adams que nós conhecemos."

Domingo, final da tarde, Paris estava calma e as nuvens cobriam-se com os tons rosados do crepúsculo. Ouvi um bipe. Era Lauriano chamando pelo WhatsApp, de São Francisco, para saber como eu estava. É raro ele ligar. Tive um sobressalto como quando mamãe estava viva e ele sempre tinha algum "pesadelo" a relatar. Na última vez em que eu perguntara por notícias, meu irmão arrematara a resposta com a frase:

"E Ema, dando muito trabalho e desgosto."

Logo fiquei tranquila. Meu irmão contou, ao contrário, como a ausência daquele peso, junto com a consciência da necessidade de mudança e a vontade de melhorar a sua qualidade de vida, traziam os primeiros resultados: ele voltara a escrever, estava com um livro de poemas praticamente pronto e, com a sua experiência de vice-presidente na multinacional da qual se aposentara, começara a fazer assessorias para grandes companhias. Minha cunhada também estava ótima. Isto me deixou muito feliz.

Falamos pouco sobre a nossa experiência no Funeral Home de Miami, o velório penoso, os serviços funerários e o triste enterro de nossa mãe, ao qual, além de nós, compareceram — a pedido de Mr. Ramirez — apenas alguns residentes, cuidadores e o advogado. Não queríamos reviver aquela dor que era tão mais aguda quanto mais intenso fora o nosso alívio e a possibilidade de uma quase indiferença, como a de Meursault em O Estrangeiro. *Como não sofrer com o desaparecimento do corpo no qual se foi gerado e da alma que um dia foi tão próxima?*

Quando desligamos, lhe escrevi um e-mail.

"Na verdade, temos três vidas. A primeira é a de formação e aquisição de experiência; a segunda é a profissional, e a terceira, como a esperança de vida aumentou, ficou ainda mais importante. É nessa terceira parte que está a nossa verdadeira realização, onde temos finalmente a liberdade de completar o que não pudemos realizar antes e irmos até o fundo de nossas aspirações.

As famílias, enquanto laços afetivos, incitam a situações e estratégias que servem como uma espécie de verniz que se passa sobre a pintura, 'fixando' personalidades e modos de vida de quem pode, e deveria, ter movimento e vontade próprios. Essa 'fixação' vira quase que uma armadilha, e certas pessoas acabam como moscas paralisadas, em teia de aranha. A imobilidade e a cegueira são muito convenientes para a manutenção do statu quo familiar, só que com elas muitos não conseguem se realizar, chegar à plenitude e acabam se destruindo. Outros escapam, outros ainda jogam um jogo duplo para não desapontar os familiares e ao mesmo tempo manter a sua independência.

Freudianamente pode parecer que, com a memória, o relato e a compreensão de minha história de vida na saga da família Kreisler, 'encontrei' meu pai e 'matei' minha mãe. Tenho sorte. Sem qualquer miserável redução psicanalítica, encontrei os dois. Na maturidade, posso encarar frente a frente a verdade que quase todos encobrimos, por condescendência, para suportar o convívio com nossos próximos. Levou mais de meio século, mas penso que consegui abrir caminho à serenidade, nesta terceira porção da vida. Por fim, matei a mãe que eu tinha inventado. E redescobri o pai desaparecido, cuja lembrança ela e a família Kreisler ocultaram para recriar a história deles. Na verdade, ressuscitei ambos, fazendo-os renascer — sob outra forma — em mim."

Desci os degraus da escadaria *art déco*, criada em 1928 pelo arquiteto Jacky-Edouard Reilhman, com o cheque na bolsa. Esquivei-me de dois jornalistas e um fotógrafo, e chamei o Uber para voltar ao 20.° arrondissement, onde moro. Estava com fome, não conseguira engolir a iguaria ao lado dos acadêmicos, ansiosa por tirar os sapatos e a roupa desconfortável, cópia do estilista japonês preferido de Dorothée, comprados na véspera em Belleville.

No carro, abri o WhatsApp e enviei imediatamente uma mensagem a Terence. Pensei na minha amiga. Ela tinha vindo se encontrar comigo e ficou lá, ao meu lado, agarrando o meu braço com as mãos geladas, até o anúncio. Pulou como uma criança quando ouviu o meu nome e me abraçou. Estava com lágrimas nos olhos quando me deu parabéns e despediu-se. Sabia que eu estava sendo esperada no primeiro andar.

Também lembrei do querido Júlio, psicanalista que costumava me convidar aos seminários interdisciplinares da Biblioteca Freudiana Brasileira e quem, há trinta anos, indicara-me o filósofo, ex-psicanalista e maravilhoso terapeuta "para que eu me adaptasse rapidamente à nova vida" em Paris. Na vez que, em uma das poucas e eficazes sessões naquele consultório que cheirava a incenso, revelei a vontade de voltar ao Brasil, ele sugeriu:

"Claro, retorne se quiser. Porém, lembre-se de uma coisa: tudo que tiver comprado até agora, seja o que for — até uma panela — você deve jogar no Sena antes de partir. Volte para o Brasil, sim. Mas, sem nada."

A alegoria aparentemente tola, mas de significado profundo, que entendi na hora e ainda me provoca um largo sorriso, surtiu efeito. Graças a ela, continuo nesta cidade até hoje. Conhecendo a personalidade de Glica — a quem tudo era devido como se fosse uma aristocrata — e o fardo que ela representava na minha vida, o grande terapeuta também afirmou:

"Se quiser ter uma boa e saudável relação com a sua mãe, você precisa matá-la."

Na época, percebi que ele dissera algo essencial. Evidentemente não tinha sentido literal e eu compreendia a metáfora, mas ainda não possuía maturidade para empreender a tarefa.

O Uber passou pelo bulevar de Ménilmontant em direção à avenida Gambetta, bordejando o cemitério Père Lachaise. Com empatia, pensei nos escritores, meus vizinhos de bairro, que jazem ali para a eternidade, com o mesmo cheque em seus ataúdes. Ri alto com essa imagem e o chofer me olhou pelo retrovisor. Fazia muito frio. Pedi para ele parar no Chez Sélène, meu restaurante habitual.

Não queria me vangloriar, mesmo porque nem achava que o meu livro, além de ter sido um exutório, valesse alguma coisa. Então, ao entrar fui logo dizendo que até mesmo um renomado prêmio literário como esse, não tem mais a mesma credibilidade que nos anos 1940. Mas contei com satisfação que o editor certamente publicaria o volume em trezentos mil exemplares já na primeira edição. Esperaria um *best-seller*. Previa que, pelo menos 35 países decerto comprariam os direitos de tradução. Ele ficaria exultante e eu ainda mais. Com os direitos autorais de *Como Matei minha Mãe*, salvaria Glica Preisner do suicídio e a levaria de volta a Nova York, fazendo com que continuasse a ser, até o final, a mesma *jewish princess* que sempre foi.

No restaurante, estavam todos muito orgulhosos de mim (Albert Camus também) e Sélène repetiu: "Mãe é uma só, mas as tóxicas valem por mil."

FIM

Não, não é o FIM. Glica Preisner leu *Como Matei minha Mãe*, a saga da família Kreisler. Telefonou a Terence, aos gritos: "Você viu o que a sua irmã escreveu sobre mim?"

"Não é sobre você, é uma ficção", ele tentou acalmá-la.

"Claro que sou eu. Lembro de algumas coisas do que ela diz, outras mais ou menos. A Shelly deve ter inventado. Que horror! A minha pressão está subindo!"

"Calma, mãe. Veja, graças ao livro você já tem dinheiro, agora vai voltar a Nova York e levar a vida que queria. Pode até mesmo comprar um estúdio, morar perto do Central Park e ir com a Olga à Bergdorf Goodman e à Saks Fifth Avenue."

"Não vou comprar nada! Muito menos um conjugado. Já liguei ao agente. Quero alugar um apartamento bem grande, super confortável, de frente para o parque."

"Mas, mãe, o aluguel lá é uma fortuna. Em poucos meses você vai acabar sem dinheiro de novo. Por quê não quer comprar?"

"Você acha que vou me sacrificar e deixar alguma coisa para você e sua irmã? Vou é chamar um advogado para processar a Shelly por difamação!"

"Não é difamação, é ficção", disse Terence. "Romance que a Shelly nem acha que valha alguma coisa. E mesmo que nós saibamos que tudo que está lá é verdade, ninguém sabe."

"Todo mundo sabe!", gritou. "Todo mundo me conhece e conhece os Preisners que ela chama de Kreislers!"

"E como você vai processá-la? Com o dinheiro que ela mesma está dando a você, graças ao livro?"

"Tudo que está lá é mentira!"

"Não é mentira, mãe. Tudo é a mais pura verdade, com os 'direitos inalienáveis da percepção do vivido, da memória às vezes imprecisa e falível, e da transposição literária dos fatos', como ela escreve na *Advertência* da introdução. Se alguém acusar a Shelly, eu sou testemunha. Falei pra ela. Mas, para o público leitor, é ficção."

Glica fez um longo silêncio. Depois, perguntou:

"Você acha que se eu fizer um escândalo, o livro terá mais sucesso?"

"Certamente", respondeu Terence. "Todos quererão comprar para saber do que se trata, lógico. E o movimento *#MeTooMãeTóxica* vai bombar nas redes!"

"Pensando bem, então, é melhor não fazer nada. Não vou ajudá-la com publicidade, já que agora tenho dinheiro para voltar a Nova York. Afinal de contas, está muito bom. A Shelly escreveu uma ficção inteira sobre mim!"

FIM FINAL

Agradecimentos

Laurence Klinger, por sua presença afetuosa, constante e incondicional em minha vida.

Patrick Corneau, pelo apoio e encorajamento. E sobretudo pela paciência e atenção amorosa com que ouviu e compreendeu tão bem, e tantas vezes, as mesmas histórias.

Inês Raphaelian e **Carlos Clémen**, por sua amizade generosa, sem a qual este livro não teria encontrado o seu bom destino.

In memoriam

François Roustang, xamã, mestre de pensamento que, assim como Sócrates — sem ceder à postura do "saber" — ajudou-me, não a procurar uma suposta "verdade" e, sim, a transformar a minha existência.

Jacó Guinsburg, sábio e erudito guia intelectual e espiritual, amigo sincero que, na ausência de meu pai, estimulou e orientou minhas ideias, projetos e realizações, desde que eu era jovem.

Jean Baudrillard, fiel amigo inspirador, portador da "contra-história" que me fez compreender melhor a minha vida e o meu mundo, sem que jamais o intelectual "savant" se sobrepusesse à delicadeza de alma da sua pessoa.

Livros publicados

Visão da Terra, participação na antologia de ensaios (Ed. Atelier de Arte e Edições, Rio de Janeiro, 1977)

Arte como Medida, Coleção Debates/Crítica (Ed. Perspectiva, São Paulo, 1983)

Arte e seu Tempo, Coleção Debates/Crítica (Ed. Perspectiva, São Paulo, 1991)

Enciclopédia Arco Data Latino Americana, coordenação geral da parte dedicada ao Brasil (Madri, 1993)

Ars in Natura, participação na antologia de ensaios (Ed. Mazzota, Milano, 1996)

Horizontes del arte latinoamericano, participação na antologia de ensaios (Ed. Tecnos, Madrid, 1999)

Lateinamerikanische Kunst, participação na antologia de ensaios (Ed. Prestel, Munique, 1993)

Leopoldo Nóvoa (Fundação Caixa Galícia, Corunha, Espanha, 1999)

Millôr Fernandes, participação na antologia de ensaios (Cadernos de Literatura Brasileira, Instituto Moreira Salles, São Paulo, 2003)

Céu Acima — Para um Tombeau de Haroldo de Campos, participação na antologia de ensaios (Ed. Perspectiva, São Paulo, 2005)

35 Segredos para Chegar a Lugar Nenhum, participação na antologia de contos (Editora Bertrand Brasil, Rio de Janeiro, 2007).

O Surrealismo, com J. Guinsburg. Antologia de ensaios, coleção Stylus (Editora Perspectiva, São Paulo, 2008).

Felícia Leirner: Textos Poéticos e Aforismos, participação na antologia de textos críticos e biográficos sobre a autora (Editora Perspectiva, São Paulo, 2014).

Direi Tudo e um Pouco Mais, Crônicas, coleção Paralelos 34 (Editora Perspectiva, São Paulo, 2017).

www.sheilaleirner.com

sheila@sheilaleirner.com

A *Iluminuras* dedica suas publicações à memória
de sua sócia-fundadora Beatriz Costa [1957-2020].

CADASTRO
ILUMI**N**URAS

Para receber informações
sobre nossos lançamentos e
promoções envie e-mail para:

cadastro@iluminuras.com.br

Este livro foi composto em *Minion* e terminou de
ser impresso nas oficinas da *Meta Brasil Gráfica*,
em Cotia, SP, sobre papel off-white 80g.